文芸社セレクション

七度目の出会い、そして……

森 清治

MORI Kiyoharu

文芸社

目次

第一章　七度目の出会い

「チリン・チャリン」鈴が仕込まれているビーチボールが、緩い下り坂を転がってきた。

ここは、九州筑紫平野の地方の小さい遊園地である。

そのビーチボールを低学年位の女の子が小走りで追っかけてきた。

ビーチボールは総司の足元で止まった。

「ほら、総ちゃん拾ってやらんね」一緒にいた母が促す。

「お嬢ちゃん可愛いかね、お歳幾つ」母が尋ねると、「七さい……」恥ずかしそうに女の子は答えた。

母に促された総司は、女の子にビーチボールを拾って手渡した。

少し遅れて女の子の母親らしき人が駆けつけ「ほら、あかね、お兄ちゃんにありがとう、言わんね」と言う。

女の子は、小声で「ありがとう」と言ってうつむいていた。

「そう、お名前あかねちゃんと言うの、本当に可愛いかね」と言って、母は総司の方を見て「お菓子もっとろが、一つやらんね」総司に催促した。

総司を見つめる女の子の澄んだ大きな瞳が印象に残った。

女の子は別れても何度も何度も振り返り、手を振っていた。

終戦間もない昭和二十一年六月に生まれた総司は、幼い頃から身体が弱く、学校の体操（体育）の時間は見学や教室での留守番だった。

外出する時は何時も母親が横にいた。

そんな総司が、小学五年生の時、戦後のベビーブームで生まれた児童を受け入れる学校が増築され、分校が出来た。

その分校に転校したのをきっかけに、総司の身体も強くなり、体力も付いてきた。

そして、友達や一人であちこちに出掛ける事が増えていった。

学校の運動会ではリレーの選手に選ばれる程になっていた。

それから何年経っただろう。

総司が高校三年生の二学期の事である。

総司は部活で、バスケットボール部に所属していた。

最後の県大会に備え、隣町の中学校体育館を借りての、他校との練習試合があった。

総司のポジションはパワー・ディフェンスの控え選手で、出場する機会が少ない選手だった。

試合前のウォーミング・アップ中ボールをこぼし、コート外へ出してしまった。

総司はボールを追った、ボールは転々として、体操座りをして先生の話を聞いている女子中学生の列の方と転がっていく、総司は追った、一人の女子中学生の前でボールは止まった。

総司は「ごめん・ごめん」と言い、止めてくれた女子中学生を見ると「アッ、もしかしてあかねちゃん？」総司は澄んだ大きな瞳を覚えていたのだ、名札にも『茜』と書いてあった。

茜ちゃんも黙って総司の顔をジーッと見ていた。

コートの方から「総ぉ、ミーティングが始まるぞ」「早う戻ってこんか」部員の声がした。

ありがとうとも言わず、総司はコートに戻って行った。

練習試合が終わる頃には、体育館に茜ちゃんの姿は無かった。

帰りのバスの中で、部員のひとりが「立花がまぐれで二点シュートを決めた時、ひとり中学生が拍手しょったバイ」「あいは誰やったと」と言っていた。

県大会は、一回戦で敗退し、高校の部活は終わった。


今日は、大安吉日、職場の先輩の結婚披露宴に招かれて、職場の同僚と披露宴会場の受付へと入っていった。

着物で着飾った新婦の受付嬢達に目が行った。

なんと驚き、右端に茜ちゃん、いや茜さんがいるではないか。

総司の胸がドキドキ高ぶる、今まで味わった事のないドキドキ感であった。

茜さんは気付いただろうか？　声は掛けられなかった。

席に着き直ぐに、栞の席順表に目を通した。

紛れもなく新婦の友人席に茜さんの名前があった。

総司のドキドキは益々高ぶっていく。

俺のこと覚えてくれているだろうか。

宴も進み酒も入って、総司は思い切って茜さんに挨拶にいく事にした。

茜さんの座るテーブルに進み、斜め後ろから声を掛けた「あの～茜さんですよね、僕、立花総司と申します、新郎は僕の職場の先輩で、この披露宴に招かれました」「僕のこと覚えていますか？」

「小さい時遊園地で、それと中学校体育館でもお会いしています」と立て続けに喋ると、茜さんは時間を少しおいて総司に「覚えている、二人共大人になったね」「私、沖端茜と言います」「よろしくネ」

茜さんの澄んだ瞳は小さい頃とちっとも変わっていなかった。

これから、友人達と『瀬戸の花嫁』を唄うとか、それから披露宴が終わって世話人達で二次会をすると言っていた。

総司は二次会の幹事さんに頼み込み特別に参加させてもらう事になった。

二次会は披露宴会場近くのスナックであった。

総司と茜はカウンターの端の席に並んで座った。

総司の「ずっと前、中学校体育館で会ったよね、その時直ぐに分かった、俺と？」から会話が始まった。

「初めはこの人誰だろう、顔は覚えていなかった、私の名前知っているし」

「後で思い出した、お菓子を貰った事、そのお菓子がとても美味しかったので」と茜は笑いながら話す。

茜さんの母が時々総司を街中で見かけていた様で、「貴方が中学校の時はね、瓜生野中学の帽子を被っていたとか、高校の時は瓜生野工業高校のバッチを付けていたよとか、その都度母が私に言っていたので、思い出した」

「それと、決めては、バスケのユニフォームに高校の名前が書いてあったし」

茜は、看護学校で看護婦の資格を取得、今は地方の病院で看護婦の見習いとして働いていると言う。

勤務体制が不確実で基本は日勤だけど、夜勤の時もあると言っていた。

二次会も終わりに近づいた頃、総司が「今度、いつ逢える」と切り出した。

以前、恋愛に詳しい会社の先輩から、大事なのは次に繋がる約束をしておく事、もしも、次に逢う事を断られたり、逢えない理由を並べられたら、あきらめるしかないと教えてもらった事があった。

幸い、茜さんは「立花さんは何時がいい、貴方のいい日でいいよ」と笑顔を見せてくれた。

「じゃあ、来週の日曜日で良か？」と総司が聞くと茜さんは「いいよ、食事でもしましょうか」逢う場所・時間を決め、二次会は終わった。


約束の日曜日が来た、約束した喫茶店に茜さんが現れた、ちょっと長めの髪にパステルカラーのミニスカート、小さめの赤色系ハンドバッグがよく似合う、総司にとっては天使に見えた。

一方、総司の服装はダサくておしゃれの感覚は全く感じられなかった。

喫茶店では、早めに来た総司が四人かけの席を取っていたが、茜さんが「カウンターに移らない？」の一言でカウンター席に移動した。

茜さんは並んで話す事が好きで食事するとき以外は並んで座った。

喫茶店を出て、レストラン街へと歩いた。

レストランでは、食事しながらの会話になった。

「先週結婚した、さえちゃんね、新婚旅行は何処に行くとねと聞くと、教えないと言うのよ」

「今頃どこだろうね」と話す。「総司さんは、新婚旅行何処へ行きたい？」と総司に問う。

「そうねぇ、羽が有れば月旅行かな、ハネムーン……」少し時間を置いて「バカみたい」笑いながら茜が言う。

総司が「アポロで月に行くんだ、銀河系の外まで行くか、もっと遠く天国まで」冗談で言う。

茜さんが「本当に馬鹿ね」「私、海が好いとるけん、南国の青い海で泳ぎたい」

総司が聞く。「泳ぎきっと？」「出来ない、浸かるだけよ」笑いながら茜さんは答えた。

食事が終わり、茜さんが提案してきた、「今度逢う時、総司さんの写真を持ってきて、私も持ってくるから」「写真の交換をしましょうよ」、ここから二人の付き合いが始まった。

お互いの勤務先の電話番号、自宅の住所を教え合い、次に逢う場所・時間を確認した。


総司はこの頃から、仕事に身が入らなくなり、茜と逢う為休暇を取ることが段々増えていった。

若葉が薫る日曜日、総司は茜を会社の友人から借りた『ホンダＣＢ１２５』というバイクでの阿蘇やまなみハイウェイのツーリングに誘った。

絶好のツーリング日和、爽やかな風を切って走る爽快さ、エンジン音の心地良さは正しく青春を走っている感じでとても気持ち良かった。

時折、総司の腰に回した茜の手が強く抱きつく感も、青春をしている感じでとても爽快であった。

その後、逢う度に総司は茜に惹かれていった。

逢っている時は何とも思わないけど、十日も顔を見ないと今すぐにでも、飛んで逢いに行きたい切ない気持ちになっていくのであった。

総司が初めて茜と手をつないだのは、ドライブでキャンプ場に立ち寄った時の事だった。茜がキャンプに来ている若い夫婦と子供二人の家族を見て「ほほえましかね、私、憧れちゃう」総司も「そぎやんね」と言いながら浅瀬の川を渡る、その時、茜が手をつないでと催促する様に総司の方に手を差し伸ばした。ためらわず総司は茜の手を取り、手をつないだ。

川を渡り終えても二人は手を離すことはなかった。

茜さんの誕生日が来た。

この日は初めてお互い仕事を終えた夜に逢う約束だった。

二ヶ月前の総司の誕生日には、茜さんからステンドグラスの灰皿とお人形を貰っていたのだ。

総司はプレゼントに皮製のハンドバッグをあげるつもりで準備をしていたが、バッグ屋さんにいくと、布製の手提げバッグを手に取り「これが良い、前々から職場に持って行くバッグが欲しかったの」と言い、使い易く安価なバッグを選んだ。

その後、茜さんが前もって選んでいたレストランへ食事に行くことになった。レストランの中に入ると、小さい丸い白テーブルの中央に赤色のキャンドルが灯っている席に案内された。

誕生日にふさわしい雰囲気の中、シャンペンでお祝いして楽しい時間を過ごした。

この日から、お互いの仕事を終えてから逢う事が増えていった。

お茶するだけのデートの間に、ドライブだったり、スナックで飲んだり、ダンスホールに踊りに行ったり、バッティングセンターまでも、二人は青春を満喫していた。

そのうち、お互い、親には話せない悩みも相談出来る間柄になっていた。

付き合って七ヶ月が過ぎた木曜日、この日は総司の行き付けのスナックで逢う約束をしていた。

ところが総司の会社で設備トラブルが発生、総司は設備故障復元作業の一員として係わる事になった、しかも主力としてだ。

現場からちょっとでも離れる事は許せない立場でもあった。

設備故障は昼休みを返上して作業しても直らない、メドも立たない状態だ。

総司は今日の事が段々心配になってきた、もし間に合わなかったらどうしよう。

時間はどんどん進み、床に広げた電気回路図、機械油圧図面はオイルで汚れ、総司の作業服も汗とオイルで汚れていくが、故障の原因も解らない。

とうとう午後五時の終業時間のチャイムがなった。

約束の時間は無情にも過ぎていく。

近くに電話があれば待ち合わせ場所に連絡は付くが、それさえも出来なかった。

結局、設備の故障が復旧したのは午後十時を過ぎていた。

落胆した総司は、一言も喋らず帰宅の途に就いた。

あくる日、茜の勤める病院に電話したが「もう帰られました」の一言で切られた。

次の日も同じ、茜からの連絡を待つ事しか考えつかなかった。

どっちかの自宅に電話でも有れば何とかなったのに、この様な時代の出来事だった。

翌年の四月に総司の自宅にも固定電話が引かれた。


月日が過ぎ、茜の事をすっかり忘れかけていたころ、総司に会社から関東工場転勤を命じられ、東京で暮らす事になった。

都心からかなり離れた会社の寮で、一人暮らしの生活が始まった。

一人になると寂しくなり、茜の写真を出しては、思い浮かべ寂しさを紛らわす日々もあった。

そんな淋しさを晴らす為、休暇を使い一人で東京都心に出掛ける様になっていた。

出掛ける回数も段々と増え、道に迷い帰りが遅くなり、寮長に怒られる事も度々あった。


そんな曇り空の日、総司はいつも通り休暇を使い都心を散策しての帰り道、トイレをすまし手を洗っていると、足元に財布が落ちている事に気付いた。

総司は、拾い上げトイレの出入り口に出て、財布を持った手を高く挙げ「だれかぁ～」と声掛けしたが、通行人が多く反応してくれる人はいなかった。

総司は、交番を探す為大通りに出た。大通りを渡った斜め前に派出所があった。

横断歩道を渡り、派出所に入り、「これ落とし物です、そこで拾いました」と言い、拾った財布を差し出した。

若い巡査が奥の方から対応に出てきてくれた。

「これに、拾われた物品、時間、場所、あなたの名前まで記入して下さい」と言いＡ４サイズの書類を総司に渡した。

「財布の中、視ました？」お巡りさんが問うと、「いや、視とらん」総司は答え、書類を持って横の机に着き、書き始めた。

少し時間はかかったが書き終わり、若い巡査に書類を手渡した時、出入り口からミニスカートに黒色のロングブーツを履き、大きな紙袋を持った若いきれいな女の人が少し慌てた様子で「財布落としたんです」と言って入ってきた。

総司に応対した若い巡査に「ちょっと前、大通りの向こうの大きなビルにある、お手洗い付近だと思います」「誰か、届けてくれた人はいませんでしたか？」と尋ねた。

若い巡査は「財布の形、色、中身は何が入っていました？」と、総司が書いた書類を見ながら若い女の人に確認していた。

若い女の人は「二つ折りの赤みがかったオレンジ色で、中には一万円札二枚と千円札が四、五枚だと思います、後小銭が少しかな」と言うと、若い巡査は総司が届けた財布を取り出し、「これですか、中身を確認してください」「よろしいですか」と財布を手渡した。

若い女の人は安堵した様子で「ありがとうございました、良かった」と若い巡査に深々と頭を下げていた。

若い女の人は、横にいた総司をチラッと見て、若い巡査に「何方が届けてくだされたのですか？」

「お住まいとか、連絡先とか、分かります？」と聞くと、若い巡査は、「この方です」と総司の方を手で差した。

若い女の人は、総司に向かい、「良かった、本当にありがとうございました」と、また頭を深々と下げた。

総司は、若い女の人に見惚れ「あぁ」と小さくおじきした。

すると、若い女の人はいきなり総司の手を取り、「お礼に食事おごるから、さあ、行きましょう」と派出所から総司を連れ出した。

総司が「当たり前の事ばしたとやけん、そげんこつせんでよかです」と言うと、「あら、あなた九州の人？　私、北九州、東京に出てきて五年にもなるんよ」と若い女の人は言い、手を繋いだまま、横断歩道の方に導いた。

「恥ずかしかけん、手ば離してくれん」と総司が頼んだ。

横断歩道を渡った側にあるレストランに二人は入った。

「あらためて、財布を届けてくれたお礼を言います」「本当に助かったわ」と言い自己紹介をしだした。「私、江梨子、三河江梨子と言うの、貿易会社のOLをしています」

総司も続いた。「俺、立花総司、東京に来たのは四ヶ月前かな、転勤で、今、会社の寮」

江梨子さんはメニューを見ながら「何にする、私はパスタ、立花さんは？」

「遠慮しなくていいのよ、私の恩人だから」総司は、ちょっと考え、「俺、カツカレー頂きます」

総司にとってカツカレーを東京で食べることが、小さな憧れでもあったからだった。

総司が、暇つぶしと、淋しさで都心に時々一人で来ていることを聞いた江梨子が、「そうだ、次の日曜日でも東京を案内してあげるわ、何処か行きたいところある？」

東京の右も左も判らない総司は、江梨子の方を見て、「……」黙り込んだ。

「そうね、……あぁ　はとバスにしよう、私、前から一度乗ってみたいと思っていたの」

「これならプロの人が案内してくれるし」「私、予約しておくから、後で連絡先教えて」

江梨子はそう言って、総司の顔を見た。

帰りの電車の中で、お互いの連絡先を教え合い、江梨子との付き合いが始まった。

初めて会ったのに、もしかしてこの人と一緒に……と、予感がした

それから二日後の夜、総司の会社寮に江梨子から電話があった。

日曜日、午後一時集合、三時間コースで予約が出来たので、お願いいたします。

場所は、東京駅の南、はとバスの待合所、分からなかったら誰かに尋ねてきて下さい、との事だった。

その日が来た、総司は早めに会社寮を出て山手線に乗り換え東京駅に向かっ

た。

はとバスの待合室で江梨子を待っていると、パンタロンスーツにサングラス姿で江梨子が現れた。

一方、総司の服装はよれよれのジャケットにノーネクタイ、服装センスのなさが際立った。

「直ぐ、分かりました？」江梨子が問うと、総司は「東京駅の案内所で聞いてきた」と答えた。

コースは定番の皇居をはじめ東京タワー、明治神宮、浅草までの三時間の予定だ。

バスは定刻に発車、後ろから二番目の席に二人は座った。

最初の観光地、皇居広場に着いた、江梨子が歌いだした、「♬久し振りに～手を引いて～」と唄い、総司の手を取り、「♪親子で歩ける～嬉しさに～」と続く、総司が「俺、おっかさんかい」と苦笑い。

横にいたバスガイドさんは大笑いし、「♪～ここが～ここが二重橋～記念の写真を撮りましょうね！」と、江梨子と二人で合唱する始末だ。

道中、二人の会話は弾んだ。

歌はこれで終わりじゃ無かった。

最後の観光地、浅草でも、バスガイドさんが総司達二人の横に来て、「♬さっさ、さっさ～着きました～観音様です～お二人さん～」と唄う、総司と江梨子は顔を見合わせ拍手喝采。

そんなこんなで修学旅行みたいな東京見物は終わった。


その後もお互い連絡をして、デートを重ねていった。

給与があった週末、総司のおごりで食事をする事になった。

食事をしている会話の中で、江梨子が「今度、ナイトクラブに踊りに行かない？」と言い出した。

総司は「俺、ダンス下手だよ」「いいのよ競技会じゃ無いから、行こうぉ」と江梨子が誘う。

服装に自信がない総司を読んでか、江梨子は「決まり、食事が済んだらネクタイを買いに行こう」「私が選んであげる」と一方的に決めた。

レストランの近くにあったデパートに入った。

週末のせいか、混んでいる紳士服売り場で、江梨子が総司に「背広の色はどんな色？」と聞いて五、六本のネクタイを手に取り、二本を選びカウンターに並べて「どっちにする？」総司が「こっちかなぁ」と左の方を指差すと「私もそう思う」と言い、側に置いてあったポケットチーフと一緒に「お願いします」と店員さんを呼んで渡した。

約束した日が来た、総司は背広を着てこの前買ったネクタイを締め、会社寮の鏡の前に立ち髪を整えていると、後輩の社員が近付いてきて「立花さん、おめかしして、珍しい」「おデートですか」と冷やかす。

約束した喫茶店に着くと、ロングスカートのドレスに大きめのイヤリング姿の江梨子が待っていた。

総司が「俺、遅かったン」と言うと「いいえ、私が大分早く着いちゃったの」と言い、総司の服装を見て、「お似合いよ」と江梨子が初めて褒めてくれた。

外はまだ夕暮れ時で陽は落ちていなかった。

この喫茶店で、ネオンが灯るまで待つ事にした。

しばらくして、「さあ、行こうか」総司が立ち上がると、江梨子も立った。

江梨子が言う『ナイトクラブ・ハリウッド』という店は、ここから電車を乗り継いで二十分近くかかった、
週末のせいか店内は少し混んでいた。

店の係の人がステージに近い席に二人を案内した。

席に着くと、総司が「俺、こんなとこ初めてじゃけん江梨子ちゃんの良か事良かよ」と言うと、江梨子は「分かりました、じゃあ、飲み物は、ビール、水割り、どっち?」「総司さんはビールで、私、レスカ（レモンスカッシュ）かな」江梨子は総司の事はお見通しだ。

時間が経つにつれ、場内の照明は徐々に暗くなり、ダンスの時間が訪れた。

演奏のリズムがワルツからジルバへ変わり四拍子のブルースへと変わると「さあ、立って、踊ろうよ」江梨子は総司の手を取り、仄暗いフロアの方に導いた。

江梨子が付けた香水の香りの中でダンスは始まり、時間が経つにつれて息が合うようになってきた。

休みを挟みながら数曲踊った。

場内の照明はさらに暗くなりムードを煽る、二人は踊りながら隅の方へと流れた。

足が止まり、江梨子は総司の背に回した左手で総司を引き寄せ目を閉じた。

総司は優しく唇を重ねた。

曲が終わり、席に戻って二人は暫く黙り込んだ。

店を出る時は、もう夜も更けていた。

帰りの電車の中で、お互い次に逢う日取りを確認し、「じゃ　またね！」と言って、先に江梨子は最寄り駅で電車を降りて行った。


そうして、いつの日か江梨子との愛を育んでいった。

そして、江梨子の誕生日、総司は思い切ってプロポーズをした。

それから二ヶ月後、二人は結婚した。

「総ぉ……」「出掛けるわよ、夕食は冷蔵庫の中に作って置いとくからね」

「温めて食べて下さいね」「家を出る時は、戸締まりよろしくネ」

慌ただしく長男の勒《ろく》を連れて江梨子は玄関を出た。

今日は、江梨子の父親が病気で入院することになったので、一足先に実家へ帰る日である。

総司は、仕事の都合上、明日の新幹線で後を追う事になった。

翌日朝、総司が大通りで予約していたタクシーを待っていると、目の前の信号のない交差点で、左折してきた車と横断歩道を渡ろうとする自転車に乗った少年が接触、少年は転倒し、一時気を失っていた。

総司は駆け寄り少年を抱き上げ歩道に移し寝かせ、怪我の有無を確認していると、予約していたタクシーの運転手さんが来られて、救急車を無線で呼んでくれた。

幸い出血はひどいが怪我は大した事は無い様だった。

少年は直ぐ意識を取り戻した。

ハンカチやタオルで止血していると、少年の母親らしき人が来て救急車に同乗し、救急車は病院へ向かった。

総司は血が付いたワイシャツを着替える為、タクシー予約の変更をお願いした。

東京駅で予定より一時間位遅れの新幹線ひかりの指定席に乗ることが出来た。

総司の席は通路側で横の窓側席には、体格のいい同年代の男性が缶ビールを並べ陣取っている。

時折、スポーツ新聞を広げやたらと阪神タイガースの記事を読み返している。

総司は、この人は新大阪迄行きそうだと思った。

案の定、新大阪駅で降りた。

空き缶、ゴミは持ち帰ったが座席の背もたれは倒したままだった。

総司は、隣の席の倒れた背もたれをおもむろに元に戻した。

新大阪駅では乗車するお客さんが大勢乗り込んできた。

総司の横にもお客が来た、今度は同年代の女性みたい。

その女性は切符の指定席番号を確認しながら「すみません、ここよろし……」総司の顔を見て一瞬言葉が止まった。

総司もビックリ。「もしかして、沖端茜さん」何年経っても恋した人の顔は忘れていなかった。

四度目の出会いである。

あれから、茜さんは大学附属病院で知り合った、ある病院の医者と結婚したが、勤務時間でのすれ違いとか、金銭感覚等の価値観の違いで一年も持たずして離婚したそうだ。

離婚をきっかけに、大阪の病院に転職し、ここで、共通の友達の紹介で知り合った人と結婚して、今はとっても幸せに暮らしていると言っていた。

今日は、休暇を頂きひとりで故郷に帰るところだそうだ。

総司は、最後に逢えなかった事を謝った。

気にしていない様子であったが「その日はね、総司さんにあげようと思ってキング・ストーンズの『グッド・ナイト・ベイビー』のレコードを準備しとったんよ」「淋しかったわ」「翌日、貴方の会社にも電話したけど、お昼休み時間なのに、勤務中なので家族以外の方には取り次ぎ出来ませんだって」と俯いて話した。

朝、交通事故に遭遇した事を話すと、「総司さんの被害者少年の対処の仕方は、ほんま良かったと思う」

茜は続けた。「もしも、もっと大きな事故で、被害者が大怪我だったら、総司さんはどなんしたん？」

「俺には何にも出来ないよ、ただ、オロオロするだけかも」総司は答えた。

「誰でも出来る事はね、救急車を呼び、電話はすぐ切らず救護係の人の指示を受けながら初期処理をして、救急車の到着を待つ事ね」

「もう一つは、事故現場の近くに医療従事者がいないか大きな声で探す事です」

「急病も一緒ですわ、何もしなかったら助かる命も失います」と真顔で茜さんは話す。

医療の話はまだまだ続いた。

医学・医療は日進月歩でどんどん進んでいる事、予防医学の大切さ、最近は心の病気が増加している事、等を熱く語ってくれた。

そのうち、新幹線は九州に入った、茜さんとの二時間半は総司にとって短く感じられた。

「じゃ　茜さんいつまでも元気でね」総司は、博多駅まで行く茜を残し、小倉駅で降りた。

駅には妻の江梨子が迎えに来てくれていた。

東京を発つ時、予定より遅れてくる事を知らせていたからだ。

「お父さんの具合はどうだった？」と江梨子に聞くと、「それがね、たいしたことじゃないのよ、検査入院みたい」「私の顔と勒を見たかったんじゃない」「永く帰らなかったから」

江梨子の実家に着いたのは、もう夕暮れ時だった。

夕食後、今日の朝交通事故に遭遇した事や、茜さんと偶然出会った事などを話した。

「そうぉ　大変だったわね」江梨子の一言でその日は終わった。

翌日、江梨子の父親が入院している病院を二人で訪ね挨拶に行った。

昨日、茜さんから聞いた入院患者の心得を雑談の中に上手に挟みながら伝え話した。

時は流れ、総司は定年退職を迎えた。

定年退職を機に故郷へ戻る事を五、六年前から計画を立てていたのだ。

父親が残してくれた、僅かばかりの土地に二世帯住宅を建て、息子夫婦と一緒に暮らすことであった。

「ねぇ　東京を離れる前にもう一度、はとバスに乗らない？」妻江梨子が問うた。

「いいね！」「明日でも予約入れておいてよ、だいぶん変わっているだろうな」総司は身の回りの整理をしながら承諾した。

東京でお世話になった人に別れの挨拶を済ませた次の日に予約が取れた。

はとバスも時代の流れと共に進化していた。

ニーズに合わせた観光コース、時間等の多様化が進んでいた。

総司達は余り観光地に降りなくても良い三時間半程度のツアーで回った。

ちょっと肌寒い日だったので、記念にと思い、若い時二人で買ったペアのセーターをジャケットの下に着こんで出掛けていた。

故郷での生活にも徐々に慣れ、方言も普通に話せる様になってきた。

日差しの強い日だった。

「あなた、隣の町のスーパーに買い物に行ってくれん、よかネ」「北海道産のジャガイモよ、そこのスーパーしか、置いとらんげなぁ」「良かですか」と言い江梨子は、お金を手渡した。

総司は、お金を受け取ると「他に買うものは無かつね！」「ついでに買ってくるばい」

「そうねぇ　あなたのビールのつまみば買ってこんネ」と言い追加のお金を渡す。

総司は、サングラスを掛けると車で出掛けて行った。

ジャガイモとつまみを籠に入れ、お客の一番少ない列のレジ・カウンターを選んで並んだ。

総司の番になった、レジ担当しているのは何と茜さんではないか。

茜さんは気付いていない様子、総司は、名札に書いてある畑瀬茜を確認した。お客さんが多く手が外せない状況であった。

総司は、同じレジに再度並ぶ為に不必要な駄菓子を手に取り、さっき貰ったレジ・シートの裏に携帯の電話番号とメールアドレスを走り書きし、サングラスを外して、茜さんのレジに並んだ。

総司の番、「茜さん、久し振りです」と総司が言う前に茜さんは気付いた様で、「え、何でここで会いますん、かなわんわ」総司は持っていた連絡先を書いたレシートを茜さんに手渡した。

茜さんは渡されたレシートにちらりと目を通して、直ぐに制服のポケットに入れ「分かりました、お釣り二八〇円です」と、直ぐに業務に戻った。

その日の夜、茜さんから連絡があり二日後に会った。

仲の良かった地元の友達から故郷に帰る事を勧められ、二年前に帰ってきて、今は実家に夫と一緒に居候していると言う。

「ウチの夫、北国育ちで、いつも冬になると雪降ろしが大変みたいで、雪が少ない所に住みたいと前々から言っていたの」「それと、名前は歳三と言うんだけど、性格が総司さんによぉ〜似ているんだわ」と教えてくれた。

「ウチ、フラダンス習っとるの、今日は休みやさかい、夕方からフラダンス教室に行かへんかったらならへんの」「仲のええ友達が先生で、めっちゃ楽しいんよ」と嬉しそうに話してくれた。

「茜さんのその元気な顔を見て、俺も嬉しか」総司は続けた。「茜さんには、友人が地元にも大阪にもたくさんいるんだね、よかネ」

すかさず茜さんが「総司さんも友達の一人に入れてあげるわ」「古い〜友達でね」

「その古い〜はやめてよ」と総司が注文つける。

「じゃあ、元カレ？」茜が総司の顔を覗き込み笑いながら言う。

そんなくだらない事を笑顔で話していると、何故か昔に戻ったような気がした。

気がつけば、ダンス教室が始まる時間に近づいていた。

「時々顔見に来るけん」と総司が言うと、茜さんは小さく頷いた。

その後、数回スーパーに通った、茜さんの元気な顔を見るだけで嬉しかった。

そのうち、スーパーに茜さんの姿が見えなくなった。

どうしたんだろう、何があっただろうか、総司は思い切って電話してみる事にした。

総司は、携帯電話の着信履歴を押した、茜さんの実家の番号で、家族の方が出られた。

「茜はね、三週間前にね、健康診断で病が見つかり治療すると言って、大阪に行ったっよ」

「連れ合いと一緒に行ったっバイ」「私達も心配で、どうして良かかわからんでおるとよ」「大阪の太とか病院だけん心配いらんと言うばってん……」と心配されていた。

大阪に行く前にでも連絡してもらえば良かつに、古い～友達だから……と思い電話を切った。

それから四、五年が経ち、総司はツーリングを思い立った。

『天橋立』迄、二泊三日の下道を使う計画である。

バイクは、『カワサキZXR250』を十日間レンタルした。

四日間練習して、行き当たりばったりの予定で、念のため寝袋・シュラフも準備した。

ウキウキ気分で出発したのは良かったが、幹線道路は車輛が多く、信号停止も頻繁で気が抜けない状況が続く、こんなはずじゃなかったと思いながら、ようやく関門トンネルを通過。

日本海沿いの道に出ると車輛もだいぶん少なくなってきた。

休憩を挟みながら軽快に走る。

突如、雨雲が出てきた。

雨が降りだしたのだ、総司は慌てた、雨具の準備が出来て居なかったのだ。

右カーブにさしかかった時、車体を右に傾けたとたんタイヤがスリップし、総司は車体と一緒にガードレールに激突！　バイクと総司は道路になげだされた。

幸い通行する車輌は少なく、直ぐ後ろを走っていたダンプトラックの運転手さんの助けで、救急車を手配してもらい近くの病院に搬送された。

左の足骨折、腰の打撲、右腕の裂傷と診断された。

「もしもし、かあさん、俺、総司、今日、島根県の国道9号線で転倒してしまった」

「ひとり相撲で、タイヤが滑った、たい」と自宅に電話した。

「何て、どなんした？」江梨子は予期せぬ電話に戸惑いながら「怪我は？　相手の方は？　どこでね？　今、病院ね？」と畳み掛け聞き、「直ぐくるけん、病院の名前と電話番号を教えて、他に持ってくるものものね」

そして、夜遅く妻江梨子と長男の勒が駆けつけてくれた。

翌日、総司の家族と主治医の先生は今後の治療方針と入院期間の打ち合わせをして、入院手続きを済ませ、「時々来るから、いるものが有れば電話してください」「あなたが以前、私の実家の父に言った良き患者さんの様に、看護婦さんの言うことをよく聞いて、早く退院してね」

と言って江梨子達は、その日のうちに帰って行った。

明日は退院の日が来た。

最後の治療が終わり、売店で新聞を買いフロアに進むと、窓際のテーブルに何と茜さんの姿があった。

六度目の出会いである。

総司が近寄り声を掛けると「やっぱり総司さんだわ」「四、五日前、そこの売店で総司さんによく似た人を見掛けたのよ」「そんな事は無いと思っていたが、もしかしてと……」

「それから毎日ここに来てみているんだわ」と嬉しそうに茜さんは言ってくれた。

海を窓辺に見ながら二人は並んで座った。

茜さんは大阪の病院で手術して、病気は一時完治したが、半年ぐらい前から体調が優れず、環境の良いこの病院に転院してきたと言っていた。

今は、近くの町に古民家を借りて、そこで夫と一緒に暮らしている。

この病院を退院したら、故郷の実家が空き家になっているから、そこに戻ると言っていた。

「総司さんはどうしてこの病院に……」と茜さんが話し始めた時。

「じぃちゃん」後ろの出入り口付近から総司の孫、紋太郎の声がした。

振り向くと、江梨子と一緒に退院する総司を迎えに来たのだ。

総司は立ち上がり、「妻の江梨子で、孫の紋太郎、二年生です」と茜さんに紹介すると、茜も立ち、「私、畑瀬茜と申します、総司さんとは、古い～友達です」

「うちの人、よく茜さんの事話すんですのよ、運命の人って」すかさず総司が「今日もだよ、こんな意外なところで会うなんて、ほんの十五分前だよ」

茜は話を前に戻した。「総司さんはどうしてここに?」

「バイクでこけたのよ、いい歳してツーリングしたいといい、初日の日によ」江梨子が言う。

茜さんが続く。「そう言えば、私も若い時総司さんが運転するバイクで、阿蘇のやまなみに連れて行ってもらったことがありました」

「後ろに乗せてもらっていたんだけど、怖くて怖くて、しっかり総司さんにしがみついていたわ」

「運転、下手とは言わないが上手じゃ無いですもんね」と江梨子がダメ出し。

「そう、ドライブにも何度か連れて行ってもらったが、ヒヤリした事やハットした事が多かったみたい」と総司の顔を見ながら茜さんもダメ出しする。

ダメ出しは続いた。

「押しも弱いもんね、もっと強気だったら出世も出来ていたかもネ、紋ちゃん」と江梨子は孫の紋太郎の顔を覗く。

「おし〜て、なぁん〜」と江梨子に問う。

総司は、「そぎゃん事は無かばい」と反論する。

「そうね、それも総司さんのええところでもあったよネ」と茜さんが庇う。

雑談は、芸能人の噂話から趣味の話、気候変動問題の話まで幅広く続いた。

二人は初対面なのに、まるで古い〜友達が話しているようだった。

江梨子達は、市内に宿を取り、明日、病院の清算をすまして一緒に帰ると言っていた。

一夜が明け、退院する時が来た。

病院の玄関前までお世話になった看護婦さん達に交じり、茜さんも見送りに来てくれていた。

帰りのタクシーの中で紋太郎が総司に尋ねた。「昨日のおばさんは誰ネ」「どこん人？」

江梨子が答えた。「あのねえ、おじいちゃんがあなたの年位のときに偶然出会って、それから偶然が昨日で六回もあったそうよ、不思議な事ね」

「ふぅん～」紋太郎は総司の顔を二度見した。

「チーン、チーン」「我建超世願、必至無上道、斯願不満足、誓不……」お坊さんがお経を唱える中、最後のお焼香が始まった。

ここは、実家近くにある地方の広域火葬場である。

昨日の朝、病名不詳の病で総司が、帰らぬ人になったのである。

葬儀が終わり、火葬場でのお焼香が終わると、係員の方が、「立花家の方は、私についてきて下さい」「家族控室にご案内いたします」「収骨の準備が出来るまで、約二時間半掛かります」

一同は『立花家控室』と名札がある部屋に案内された。

大人達は部屋の中で雑談をして時間を潰しているが、子供達はフロアに出て遊び廻っている。

暫くして、紋太郎が控室に戻ってきた。

江梨子に近寄り、「あのね、江梨ばあちゃん、隣の、隣の部屋にねぇ、島根県の病院で会ったおばさんの写真が飾ってあるよ」

「そんなわけは無いでしょう、よく似た人でしょうよ」と江梨子は否定したが、「名前は何と書いてあったんね」と問うと、「名前は見とらんばってん、ちょっと来てん」と紋太郎は江梨子の手を引きフロアに出た。

紋太郎に手を引かれ二つ隣の控室に行くと、なんと、ビックリ『畑瀬家控室』と書いてあるではないか、そっと中を覗くと紛れもなく茜さんの遺影であった。

江梨子の心の時計が止まり、目から涙が溢れだした。

溢れ出た涙は、頬を伝わり床まで落ちた。

異変に気づいた紋太郎が江梨子の顔を覗き込み、「おばあちゃん、また泣いとると？」

江梨子は小さく頷き、涙声で、「おじいちゃん達の最後の出会いよ」と言い静かに手を合わせた。

紋太郎が「七度目の出会いか」と呟いた。

完

第二章　過去と未来との出会い

「チーン」「歸命無量壽妙来　南元不可思議光　法蔵菩薩因位時　在世自在……」

お坊さんのお経が始まった。

今日は、自宅で、昨年亡くなった総司の一周忌法事の日である。

総司は江梨子の夫で、総司が若い頃、素敵な恋をした人でもあった畑瀬茜と不思議な出会いを重ね、七度目の出会いで、この世を去ったのである。

法事は、江梨子の家族だけで執り行われた。

滞りなく儀式が行われ、自宅から少し離れた『食事処』で、住職さんも交えての食事会が開かれた。

長男、勒《ろく》の簡単な挨拶で始まった。

雑談の中で、江梨子が総司との不思議な思い出話を聞かせてくれた。「あのねぇ、東京に住んでいた頃の話だけど」「勒が、まだ三、四歳だったかしら」住職さんの顔を窺いながら話を続けた。「鶯が鳴いていたから、初夏の時期だったかな」「おじいちゃんが一人で、富士山を見に行くと言って出かけたの」「日が暮れても中々帰らないから心配したわ」長男の勒をはじめ、初めて聞く話に皆、興味津々に江梨子の話に耳を傾けた。


電車とバスを乗り継ぎ、総司は山梨県に入った。

富士山がよく見える所を探してさ迷い、自分のいる所が判らなくなってしまった。

そのうち、天候も悪くなりだし、雨がぽつぽつ降り出した。

総司は焦った、とりあえず雨宿り出来る所を探す事に集中した。

時間は掛かったが、雨宿りするのに良い格好の洞窟を見つけた。

洞窟を少し入った所にあった岩に腰掛け、リュックを下ろし、雨に濡れた身体をタオルで拭いていると、洞窟の奥の方から物音が聞こえるではないか。

総司は、熊か、凶暴な動物に出くわしたのではと、生まれて初めて身の危険を感じて、逃げ道を心の中で確認した。

急いでリュックを背負い、逃げる態勢を取り、物陰に隠れ洞窟の奥を見守った。

人らしい、しかも二人づれ、息を弾ませて、こちらに近付いてくるではないか。

総司は、少し安堵し、自分の存在を知らせるため小さな声で鼻歌を歌った。

男と女だ、二人共着物姿で草履を履いて竹筒を腰に下げている。

男は丁髷の頬被り姿で、女は乱れた姐さん被りの下は丸髷を結っている。

まるで江戸時代にタイムスリップした様だ。

男は、直ぐに総司に気付くと、総司を睨みながら、脇差の柄《つか》に右手を掛け「お主は、どこのものか」「ここで何をしとる」「山賊の手の者か」と近付いてきた。

総司「……」

男は、総司の頭から足元まで舐める様に見て、「異国の人か」と呟き、脇差の柄から手を放し横にある岩に腰かけた。

女も、総司を珍しそうに見ながら、男の横に腰かけ、姐さん被りの手拭いを外した。

総司も安堵し、少し離れた岩にリュックを下ろし腰を下ろした。

男は総司のリュックを見て、「何か食い物をもらへなるか（もらえないか）」と手真似をして、総司に催促した。

総司が「腹がすいたのですか?」「おにぎり、サンドウィッチ……」と言い出すと、

「お主、日の本の人か」「なにゆえに、左様な姿《なり》致し候とか?」と不思議そうに総司をジロジロ見た。

総司はリュックからシートを取り出し、男と総司の間に広げ、昨日江梨子に作って貰った、おにぎりとサンドウィッチ、チョコレート、それと駅前の自動販売機で買った缶コカ・コーラを置いた。

男はよほどの空腹だったのか、直ぐにおにぎりに手を出し、一つを女に与え、おにぎりに巻いてある海苔を取り除き口に入れた。

総司は「違う、違う」と言い、海苔の巻かれたおにぎりを取り、「このまま食べるのだよ」と言いそのまま食べて見せた。

男は、「そうか、中に入とはる物、何でござろう」「至極美味しい、のぉ～加代殿」

「うん」と頷き、女の顔から初めて笑みがこぼれた。

女をよく見ると、顔、手、肘、脛至る所に傷があり、まだ出血している箇所もあった。

食べることが一段落した所で、総司が女の傷の手当てをしてやろうと思い、ティッシュとタオルを持って女に近づこうとすると、「無礼者」「お主、どがんするでござるか」男はまた脇差の柄に手を掛けた。

総司は、「いや、この人の傷が余り酷いから手当てしてやろうと思い」と言いティッシュとタオルを男の前に投げ出した。

男はティッシュを手に取ったが開け方・使い方が解らず、「かにて（どのようにして）、いかにいたすのか」「……」暫くして、「お主に頼もう」と言い総司を受け入れた。

総司は、リュックから絆創膏も取り出し、女の傷口の手当てを始めた。

数少ない絆創膏だったので、傷口の大きい方から使い始めた。

女の額と、頬に絆創膏を貼った時、「なにや、加代殿の顔」「ハッハッハッ……」男は声を出して笑った。

「それがなぁ～」と言い男は今迄のいきさつを喋り始めた「今夜更けから、二人にて山菜採りに入り、不縁《ふえん》じゃら、山賊に遭遇したでござる」「山賊に追われて、着の身着のままにてここに逃げ込みて来たのでござる」「崖を飛び降りして参ったのにて、あちらこちらに怪我致したのでござる」「夜明けから少しも喰うておらぬのだ」

総司は、今時、山賊もこの人達もここにいてはいけない時代なのにと思い話を聞いていた。

女がシートの上にある『缶コカ・コーラ』を見つけ指をさした。

「飲み物だよ」「飲んでみる」総司が言うと、女は頷き男の顔を窺った。

総司は多分飲めないだろうと思い、缶を開け少しだけ水筒の蓋に注いであげた。

女は色を見て、匂いを嗅ぎ恐る恐る一口飲んだ、「ヴァァ……」飲んだとたん吐き出した。

男は立ち上がり、また脇差の柄に手をやり、「お主、毒を盛ったな」総司を睨らんだ。

「違う、違う」「これは西洋の飲み物で、若い人が好んで飲んでいるんだよ」と言い、残りのコカ・コーラを飲んでみせた。

それを見て。女は水筒の蓋に残ったコーラを飲み干し笑顔を見せた。

三人共、何かが、どこかがおかしいと感づいていた。

まず、男が、「お主は、いずこからきたにてござるか」と総司に問う。

総司は、「東京……武蔵国、江戸です」今の地名を言っても理解してもらえないと思い答えた。

総司は、「ここは、何処ですか、迷い込んだのですけど」と現在地を聞いてみた。

「甲斐国の案寺村でござる、すぐ東は大江戸になる」と言い、「かから（ここから）東に一里半も下だらば街道に出る」「後はひい里塚（一里塚）を頼りに江戸の都へ向かうとでござる」と教えてくれた。

嚙み合わない会話を暫くしていると、すっかり雨もやんでいた。

男が突然立ち上がり「追っと（追っ手）が参った如し」「お主も、ここを退散して奉り候」と言い、懐から巾着袋を取り出し、「かは（これは）、先刻食べ物を貰ったお礼でござる」「受け取とは願いたもうぞ」と言い、一分銀を一枚手渡して、背丈程に伸びた萱の中に、二人は消えていった。

「そして、おじいちゃんはね、リュックを背負い急いで山を下り、大きな道に出たそうよ」と江梨子は話を続けた。

勒が江梨子に聞いた。「江戸時代の何年ごろと聞いている？」江梨子は答えた。「確か、天保二年、卯の年とか、言っていたみたい」「大体二百年前の時代よ」

「男の人の名前も聞いたのかな～」と紋太郎が言うと、「男の人がまた……」

「何とかもんで、女の人が許嫁で、加代とか言ったような気がする」と、江梨子は答えた。

「貰った『一分銀』は家にあると？」「あるなら見たい」紋太郎が興味を示した。

「東京から引っ越しした時見たけど、今、何処にあるのかねぇ」「おじいちゃんが大事にしていたからね」江梨子は続けた。

「確か、小さな木の箱の中に……見た様な気がする」


そんな話を聞いていた住職が、「うちの寺にも不思議な話が代々聞き継がれているとバイ」と話し始めた。

「この世界では、不思議な出来事を色々なお寺さんから聞くとよ」と前置きして、住職さんのお寺の事を話し始めた。

「私の、曾曾爺さんが数人の門徒さん達と、外でお経を唱えているとき、風もないのに曾曾爺さんの経本が一間半位舞い上がり、横に三間飛んで、その先に親鸞聖人の姿があったげな」「そぎゃん聞いとる」

「その頃の経本は蛇腹式で風が極端に強く吹けば、飛ぶ事もあると思うけどな～」と話し終えた。

不思議な話をしながら、聞きながら、総司の法事と食事会は無事終わった。

帰りは、勒夫妻が車で住職さんを送り、江梨子と紋太郎は一緒にタクシーで帰る事になった。

タクシーの中で「紋ちゃん、コーヒーでも飲んで帰ろうか？」江梨子は紋太郎に言うと「よかよ、ケーキも食べてよか」

二人は少し遅れる事を勒に電話して、駅前の喫茶店に入った。

喫茶店の中は満席で、カウンター席が二、三席空いている状態だった。

「満席みたい、別の店に行こうか？」江梨子が言うと、「ここでよかよ、カウンター席に座ろう」と紋太郎が言い、二人はカウンター席に向かった。

先にカウンター席に座っていた高校生らしき可愛い女の子が、自分の荷物をのけてくれて、笑顔で「ここへどうぞ」と席を空けてくれた。

軽く会釈をし、紋太郎が席を空けてくれた女の子の横に座り、その横に江梨子が座った。

ブレンドコーヒーとショートケーキを二つずつ頼み、「こうして、喫茶店でコーヒー飲むなんて、おじいちゃんと飲んだ以来よ」「遠い昔の事……」と江梨子が話し始めた。

「紋ちゃん、好きな人いるの?」紋太郎は答えた「そんな人なんかおらん」

「それより、学校でね、二学期にはSDGsの一環として富士山の麓でキャンプ、三学期には東北でスキーの講習があるんだよなぁ」「俺、そんなの苦手ばってん」

「それが修学旅行ね?」江梨子が問うと、紋太郎は「今はグループを組んで自分達で考える実践教育に変わってきているんだよ」と言った。

「そう……」江梨子は頷いた。

コーヒーとショートケーキが江梨子達の前に出された。

すると、横に座っている女の子が紋太郎の顔を見ながら、「美味しそう、私にもケーキひとつ下さい」とマスターに注文していた。

江梨子は昔の総司と孫の紋太郎を重ね合わせて思い、楽しい時間を満喫していた。

総司の一周忌法要も終わり、もう、そろそろ総司の遺品の片付けに取り掛からなくちゃと思い、押し入れの奥にある総司の荷物に手を掛ける事にした。

東京から持ってきたままのダンボール箱が、押し入れいっぱい積み上げられていて、「これは大変な、片付けになりそう」江梨子は独り言を言いながら、手前の上にあるダンボール箱を下に下ろし開け始めた。

ひとつ目の箱には、以前、総司が勤務先で使っていた専門書とか手帳、関数計算機、会社関係の資料等がきちんと整理されて入っていた。

ふたつ目の箱には、子供の玩具や絵本、それに写真が入った紙袋が沢山あった。

その写真を一枚一枚手に取り、その時の事を思い浮かべて懐かしがる江梨子であった。

最後の写真を見終えた頃は、もう日が暮れかけていて、この日の作業はこれで終わった。

次の日も、同じパターンで中々進まない。

一番奥のほうにあった『宝物』と黒マジックで書かれたダンボール箱を見つ

けた。

「どっこいしょ」「なんじゃろうネ」江梨子は大いに期待して手前に出した。

ダンボールを開け、新聞紙を丸めた緩衝材を取り除くと、一番上にあったのは江梨子が総司に選んであげたネクタイだった。

紙の袋に大事に保管されていた。「……」「宝物なんて……」江梨子のまつ毛が何故か涙で濡れた。

少し間をおいて、気を取り直し、次に取り出したのは、総司の少年時代からのアルバムである。

江梨子が見たことがないアルバムであった。

元々、写真には全く興味がない総司だったので、貼ってある写真も数少なかった。

一ページから興味津々で開いていくと、子供の頃の白黒写真から始まり、学生時代、会社の同僚との写真、江梨子との新婚旅行でのカラー写真等に交じり、可愛らしい若い女の人の白黒写真があった。

側には思い出の店なのか、行きつけの店だったのか喫茶店のマッチのパッケージも貼ってある。

これが若い頃の茜さんか、よく見ると、法事の帰りに寄った駅前の喫茶店で会った、女の子にもよく似ている。

東京見物の時に撮った皇居二重橋での集合写真、明治神宮で二人で引いたおみくじもあった。

次に取り出したのが、小さな木箱、総司が江戸時代の人に貰った一分銀が入った木箱だ。

江梨子が開けようとしたがなかなか開かない、「なぜ……」二回、三回と力を増して開けるが開かない。「どうして、接着剤か何かしているのかな」益々力を入れるが開かない。

十分間ほど関わったがびくともしない。

「まあ、いいか、後で勒に開けて貰おうっと」「おじいちゃんのだから」と江梨子は独り言を言い、仏壇に持って行った。

次のダンボール箱に手をかける時、江梨子はふと思った、私にも『宝物』があったとかいいな。振り返って考えてみると、何～んにもない事に気付くのであった。

がらくたが入ったダンボール、昔の衣類が入った物等、色々出てきた。

日が暮れて、紋太郎が帰宅した。

夕食の前に紋太郎を仏壇がある部屋に呼び、「おじいちゃんの一分銀が入った木箱を見つけたばってん、どぎゃん力を入れても開かんとよ」と言い、仏壇から小箱を取り出し開けながら紋太郎の元へ持って行こうとした時、「あら、開いた」「昼間はびくともせんかったつに」

「なんちゅうこつね」不思議がる江梨子。

木箱には、一分銀、それと、日付が書いてある広告紙の紙切れが入っていた。

紙切れの裏に昭和五十四年六月三日（日）と書いてあった。

紋太郎がすぐ手にした。「わぁ〜初めて見た、こいが昔のお金たい」「お母さん、はよ〜うきて」大声で台所にいた勒の妻小百合を呼んだ。

「何かあったつね」「びっくりした」と言いながら小百合が急いできた。

紋太郎は、その一分銀を小百合の手に乗せた、珍しそうに見ながら「本当う、一分銀と書いてある」「今の時代に換算すると、いくらになるとじゃろかね」と主婦らしいコメントをした。

夜遅く帰宅した勒にも見せて木箱に納め、仏壇の引き出しに入れた。


例年になく暑い夏が終わり、残暑厳しい日が続く中、ＳＤＧｓ名目で二泊三日のキャンプに行っていた、紋太郎が山梨県のキャンプ地から帰ってきた。

帰ってきた途端、紋太郎は「ねぇ、お母さん」「おばあちゃんは今、何処におるね」帰りの挨拶も言わず母の小百合に尋ねた。「慌てて、なんかあったとね」「おばあちゃんはね、今日は、北九州に行っとるとよ」「夕方には戻ると言よっちゃった」

「そうね、そんなら良か」「晩方、話すけん」と言い紋太郎は自分の部屋に戻って行った。

夕食も終わり家族が揃ったところで、紋太郎がこのキャンプの主旨から語り始めた。

「この研修は人類が地球に住み続ける為に、継続的にしなければいけないことを実践で学ぼうと言う事で、引率する先生と三〜七人がグループを作り、それぞれ各民家に分かれて宿泊し、グループで活動する事なのだ」

初日は、地元の人たちと山菜採りとか、家畜の世話、野菜収穫等の農家の作業、夕方は地元の人たちとキャンプファイヤー、二日目は一日中営林署の方々と植林作業、夜はそれぞれお世話になっている家族の方とのコミュニケーションが組まれていた。

紋太郎達五人と引率先生一人のグループは大きい民家に泊まった。

その二日目の出来事であった。

民家の主人から「皆さん、今日はお疲れさまでした」「私共は、先祖代々ここに住み着き半農・半林業をして、生活しております」「遠い先祖は武田家の家臣で戦に敗れて、落人として、ここに住み着いたと言い伝えられております」「我が家の記録が書かれた、古い書物も多少残っておりますので、興味のある方がおられましたらご覧下さい」と挨拶された。

皆で、ワイワイ言いながら頂いた夕食も終わり、「今日植林した杉の木の伐採は七～八十年後だって、俺達はもうこの世には居ないものなぁ」そんなたわいない雑談をしていると、引率の先生が、「ご主人、先ほど言われた古文書を見せて貰えますか?」「僕、学生の頃古文書に興味がありまして、少し位は読めます」と言い出した。

皆はキョトンとする中、民家の家族の方が奥の部屋から古文書数冊と、古銭が入った紙の箱を持ってこられた。

先生は真っ先に古文書に手を出した。

カバンからノートと筆記用具を取り出し、近くにあった座り机に着き古文書を開いた。

何かブツブツ言いながら古文書を読んでいる様子だった。

読み始めてから二、三十分位経って「わぁ、これはすごい」「宝永四年丁亥、十一月四日壬午の未上刻、大地震があり、屋敷が全壊し家畜等が死に絶えた」「一族も大刃傷、その日は屋外にてひい夜分を過ごし申した」「其れが伍、睦日続おりき」と紋太郎達に向かい言うと、少し間をおいて、「宝永の大地震だよ」「わかるか」と言い、また次の頁をめくる。

「同年霜月弐拾参日午前中富士山の噴火があり、火山灰が田畑を埋め尽くしたで候」「村人は飢え苦しみ死に絶えるひと数え切御台所かった」「己の一族は、食べ物を求めてさまで候へ歩き川越上田城下に辿り着きおりき」と書いてあると自慢げに先生は言った。

横で聞いていたこの家の主人が、田畑で作物が栽培できるようになるまで、二十から二十五年かかったと聞いていますと教えてくれた。

さらに「この古文書にも、書いてありますけど」「この間、マタギで生業を立て、一族を喰わせていたと書いてある」と、付け加え話してくれた。

宝永六年己丑の年、マタギになった主人がある日突然、十三、四歳過ぎ位の少年を連れて狩りから帰ってきたそうだ。

その少年は、狩りに不慣れな主人が、熊や狼に襲われたところを撃退して、何度も助けてくれたそうだ。

それが、翌年、読み書き、ソロバンが出来る様になった頃の早春、大雪が降った翌朝、男の子は自分の足跡と狼の足跡を積雪に残し山に消えて行ったそうだ。

「宝永時代は、何年ごろですか？」とグループの一人が先生に質問した。
「一七一〇年頃だから約三百年前の事だよ」「宝永大地震は、大正十三年の関東大震災より大きい地震で、被害は関東地方まで及んだそうだ」と先生は答えた。

そんな話を聞いていた紋太郎は、おばあちゃんが言っていた二百年前の事が気にかかった。

紋太郎が先生に、「二百年前の事が何か書いてありませんか？」とだめもとで聞いてみた。

先生は、「なんでや！」と言い古文書を次々と捲り、探し始めた。
「二百年前は文政、その前は文化で、文政の後は天保かな」と言いながら頁を丁寧に捲り年号を探してくれていた。

突然「天保、天保」と紋太郎が大きな声で言ったもので、先生始めグループ員はびっくり。先生が「天保時代の事か」「ちょっと待っていろよ、今調べるからな」と嬉しそうな顔つきをして調べ出した。

暫くして、「あった、天保」「読んでみようか、いいか」と言い先生は読み始めた。

「天保弐年庚辛卯、五月十日」

「又右衛門と加代はつとめてから山菜採りに山に入った」「昼前山賊と遭遇し、着の身着のままにて洞窟に逃げ込んじゃ候」「そこにて異国人のなりをしたでござる日の本の人に出会い、喰い物をもらい候」「握り飯の他、飲み薬さながらな飲み物と、黒くて甘いでござ候、喰い物を貰い候」「加代の刃傷の手当てをして頂戴もらい候、誠に助かりましたで候」

と読み上げた。

紋太郎は黙って聞いていた。

「おじいちゃんの事だ、心の中でそう思ったが口に出して言えなかったんだ」

と紋太郎は話した。

紋太郎の母、小百合が「それ、本当なの」「地理的に大体同じ所ですもんね」「日付はずれていますけど」

「日付は旧暦だよ、きっと」紋太郎の父、勒が推測した。

江梨子は仏壇の引き出しから、一分銀が入った木箱を取り出し、みんなの前に出した。


その年は終わり、新年が始まった。

紋太郎にとっては、三学期が始まったのだ。

一月の下旬、学校から二泊三日で東北にスキーの研修旅行に行った。

その二日目の事である。

同じ高校生との交流と言う事で、スキー場の近くにある地元の高校に行った時の事ことだった。

紋太郎が友達とスキーの難しさを雑談していると、後ろから紋太郎の肩を優しく叩く、この学校の制服を着た女の子に気付き振り向くと、

「違っていたらごめんなさい」と前置きをして「私を覚えている」「ほら、九州の喫茶店で」「カウンター席で貴方の隣に座っていた、ア・タ・シ」女の子はそう言いながら、紋太郎がよく見えるように顔を紋太郎の前に突き出した。

紋太郎は、驚いた、間をおいて「ええ、あの時の……」「制服なので……」

女の子は話し続けた。

「喫茶店で、貴方達がスキー研修の話をしていたのを聞いていたの」「まさかここに来るなんて」

「九州にはお父さんと一緒におばあちゃんの法事で来ていたのよ、ついでに阿蘇や別府温泉にも連れて行って貰っちゃった」

「とっても楽しかった、お葬式には大事な試験で行けなかったからね」

女の子は生徒会のお世話をしているそうで、忙しそうに走り回っていた。

最後に紋太郎のクラスの生徒達と、女の子を含めた生徒会役員で一緒に記念写真を撮った。

紋太郎は、研修から帰ってきて江梨子に女の子に会ったことを話した。

「紋ちゃん、その女の子の名前はなんち言よったね」と江梨子が問うと、「そいが聞いとらんたい」「俺も、後から聞けば良かったと思ったばってん」ときまずそうに紋太郎は言った。

江梨子はもしかして、茜さんの孫娘では？　茜さんに子供がいるとは聞いていなかったけど？　あの時会った女の子は若い時の茜さんによく似ているけど？　おじいちゃんの法事と一緒だし？　それに、茜さんの夫が東北の人だったし？　考えてみると複雑な気持ちだった。

それから、二週間が過ぎスキー研修の写真を紋太郎が持って帰ってきた。

江梨子に女の子と一緒に撮った記念写真を見せた。

江梨子は老眼鏡を持ってきて「この人ね、左側の前から二番目にいる」そして呟く。「まあぁ、よく似ている」

江梨子の呟きを聞いた紋太郎が「だいに似とっと？」と聞いた。

「……」江梨子は答えなかった、いや、何故か答えたくなかった。

朝から雨が降る日だった。

しかも、夕方から大雨警報も出そうな日、紋太郎は学校帰り、授業に使う参考書を探しに街へ出た。

参考書を手にした紋太郎は、食事する為、大きなビルの地下食堂街へ足を運んだ。

平日で悪天候も重なり、人出は疎らでどの店もガラガラ状態だった。

入る店を探していると、「ドォン――」落雷した音がして同時に停電が発生した。

すぐ復旧するだろうとその場で待っていたが、なかなか電気は点かない、周りの人たち数人は、スマホの光を点けて移動し始めた。

紋太郎も皆と一緒に少し離れて非常口の方へ進んだ。

地下なのに、何故か、非常口に行くには階段を下りて行かねばならない。

暗い闇の中、人々はスマホの光を頼りに階段をどんどん下りていく。

そのうち、一緒に移動していた人達のスマホの光が見えなくなり、紋太郎はひとりになった。

紋太郎は不安になり、おかしい階段を下りて行くのは、と思っていると、紋太郎のスマホの光も消えた。

真っ暗闇の中、元の場所に戻る事にして、今来た階段の手すりを頼りに上って行った。

いくら上っても中々元の場所に着かない。

どの位下りたのだろうか、先に行った人達は何処へ、暗闇も重なり不安が募った。

そのうち、階段の先に微かに光が見えた時、電気が点いた。

その間、何時間経っていたのだろうか。

地下から出た途端、街の様子が全く違うではないか。

電柱はなく、街路樹が道路の側面に綺麗に整理され、道路を走る車は少なく等間隔で音もなく走っている。

追い越す車もなく、遅い車もなくスムーズに走っているではないか。

車は楕円の卵形が多く、色もカラフルでまるで未来の街と車だ。

不思議に思い、次々周りの人に話を聞いて行った。

信号は車の流れを予測し自動的に不定期に変わり、幹線道路は都会では地下を走っているそうだ。昼下がり、真っ青な空には、大きなドローンに車の様なものが付いて空を飛んでいるではないか。

今迄、あんなに雨が降っていたのに、紋太郎は家族に電話を掛けようとスマホを取り出した。

スマホの電源は充電不足で切れている、「今日の朝、充電してきたのに」と独り言を言いながら、街路樹の多い並木道の歩道を歩き街中へ出た。

今朝来た街なのに、ビルの形、大きさ等全く違う、未来の都市に来た様に感じた。

ドラえもんの『どこでもドア』を開けたみたい、タイムスリップだ。

紋太郎は不安より、はるかに興味がわいた。

家族の元へ帰るため、まず、バス停留所を探したが分からない。

通りかかった人に聞いた。「そこにあるパネルで行先の番号を押し、待っていると該当するバスが来るとよ」と教えてくれた。

パネルで1番のJR博多駅を押し、待っていると次々にバスが来るが運転手の姿はなく自動的に止まり、お客を乗せ自動的に走り出している。

紋太郎は、どのバスに乗って良いか分からず、後ろに並んでいる人に尋ねた「博多駅に行きたかですけど」そしたら、「バスの番号が赤色かオレンジ色なら博多駅に行きます」と教えてくれた。

赤色番号のバスが来た、ドアーが開きステップに上がると、「カード又は手のひらを感知器にかざして下さい」のアナウンスが聞こえた。

紋太郎は、指示されるとおり来る時使った『ｎｉｍｏｃａ』のカードを感知器に乗せた、「感知出来ません、再度丁寧にかざして下さい」とアナウンスするではないか。

二度目は手のひらを乗せた、何故か感知出来たようで無人のバスは動き出した。

ＪＲ博多駅前に着いた、先ずは、家族に連絡しなければと思い公衆電話を探したが見つけることが出来ない。

駅の交番を探し、中に入ると受付があり、『事件の方は担当者に、案内・相談の方は右側のＡＩロボットをご利用下さい』と書いてあった。

紋太郎は、ＡＩのロボットの前に座った。

「電話を家族にしたかですけど、公衆電話を見つけられないのです」と言うと、「いまはありません、よかったらミギシタにあるカードホーンをおつかいください」と流暢な言葉でロボットは答えた。

紋太郎は、右下にある極薄型のカードみたいな電話を手に取り、自宅の番号にかけた。「現在、この番号は使われていません」と言うではないか、家族の携帯電話番号は電源が切れたポケットにある自分のスマホにしか残っていない。

自分のスマホを取り出し、「これ、充電出来ますか？」と聞くと、ロボットが「よくみせてください」と言ってきた。

ロボットの目の前にスマホを出すと、「その機種にあう充電器はありません」と言う。

困った紋太郎は、自分の住所と名前を言い、電話番号を探してもらえないか聞いてみた。

すると「個人情報になるのでお答えすることはできません」「身分を証明できるものはありますか」とロボットが答えた。

「……」紋太郎は、答えることが出来ない。

紋太郎とロボットのやり取りを横で聞いていた女性警察官が、超小型のタブレット端末の様な物を持ってきて、「お父さん、そこの感知器に手をかざしてみてください」紋太郎は、まだ学生なのにと思いながら感知器に手をかざした。

「立花紋太郎さんですね」と言い、タブレット端末を差し出し、「ここにサインして、暗証番号か生年月日を書いて下さい」

言われるままサインし、生年月日を書いて渡した。

すると、女性警察官は「立花紋太郎さんの緊急連絡先電話番号は０８１－……と登録されています」と教えてくれた。

早速、カード型電話を再び借り、教えてもらった番号に電話した。

「もしもし、俺、紋太郎」と言うと、「どうしたの」「今、どこ」どこかで聞いた様な声をした女の人が電話口に出た。

「誰」「タイムスリップしたみたい」紋太郎のちぐはぐな電話応答に、「何言っているの、妻のユキよ」

紋太郎は少し考えて、そうか、未来の世界だから妻がいてもおかしくはない、と自分に納得させて話を続けた。

「カレンダーを見て、何年になっている」ちょっと慌てた様子で紋太郎は未来の妻、ユキに聞いた。

「六十年よ」「万和十一年」「タイムスリップって、幕末でも行ったの」「龍馬に会ったとか」「馬鹿ね」と相手にしてくれない。

それどころか、一方的に話し続ける。「あのね、貴方宛てに環境省からハガキが届いています」「あなた方が四十三年前、植林した木が炭酸ガス排出量削減に役立ち排出量がほぼゼロになりました」「感謝していますって」「それと、おばあちゃんの実家の翼君が再来月結婚するんだって」「新婚旅行は月に行くそうよ」「貴方だったら、翼と月でハネムーンと言うでしょうね」「馬鹿みたいなダジャレでね」「もう一つ、あなたアメリカに行った高野君知っているでしょう、ノーベル賞の候補だそうよ、今日ニュースで流れていたでしょう」と言い終えた。

紋太郎は、「そんな人知らないよ」と言い、手のひらがカードの役目をしている事を聞いてみると、手のひらに個人情報や決済出来るチップを結婚してから埋め込んだでしょうと言う。

紋太郎は電話を切り、交番を出てJR博多駅の改札口に足を運んだ。

改札口は朝着た時とは様変わりし、至る所に細かい量子レーザー光線が飛び廻っている。

行先時刻表には行先とホーム番号だけの表示で、時間は表示されてない。自分に必要な情報は、行き先が分かれば各ホームの全体掲示板の異形ＱＲコードで、詳しく調べる事ができる。

ホームに出ると、朝あった新幹線の停車場がドローンと配送車の発着場となっている。

ここでも、新幹線は地下に移設され、リニア新幹線の工事が間もなく終わり、開通が間ぢかとか。

玩具の様なカラフルで貧弱な電車がホームに着いた。

紋太郎は先頭の車両に乗ると、ほとんどの若い人がメガネを掛け空間に映る画面を見ながら、超極薄型のスマホを触り何かを操作している。

スマホはウェイブ４となり四次元の世界である。

画面で離れた物を触ったり、匂いを嗅いだりする事が出来ると言っていた。

音もなく電車は動き出した、窓際に座り車窓から外を見ると、ほとんどの住宅が太陽光パネルを乗せ、空には荷物を載せた大小のドローンが行きかい合っている。

夕暮れになずむ街を車窓の外に見ながら、紋太郎はウトウトしだし、いつの間にか深い眠りに誘われていった。

「もしもし、学生さん」軽く肩を叩き、男の声がした「着きましたよ、終点ですよ」車掌の声で紋太郎は起きた。

そこは、土砂降りの雨が降る誰も居ない終点の駅であった。

乗り過ごしたのである。

ひざ元には今日買った参考書とスマホ、それに折タタミ傘を入れた紙袋があった。

窓際には、博多駅のホームで買った飲みかけのお茶があり、その第四の紙で造られたボトルには賞味期限２０６０－10－01と記載されていた。

完

第三章　スーパー少年こやつ

「リリーン、リリーン………」けたたましく勒《ろく》の目覚まし時計が、鳴り響く中、勒は起きた。

今日は、勒にとってあまり気が進まない、会社の同僚との日帰り登山の日である。

紅葉にはチョットと早い夏の終わりの時期であった。

北部九州脊振山系にある千メートル級の山に、登山口まで車を使い、そこから登る計画で、早めの出発であった。

昨日買った登山靴、初めて履く登山靴に足を通し、リュックを持ち出掛けた。

予定通りの時間に同僚三人は集まり、登山口で『登山計画届』にそれぞれの名前を書き込み、登山道に入っていった。

登るにつれて息づかいも荒くなり、交わす会話も途切れ途切れになってきたが、楽しく思えた。

休憩を挟み登り続け、七合目ぐらいに差し掛かった時、勒達のグループを見え隠れして後から付けてくる、みすぼらしい姿の田舎少年に同僚のひとりが気付いた。

「おい、後ろから汚らしいガキがおいどんを付けてきよるごたっぱい」後ろを振り返ると木陰に隠れ姿を見せない。

勒が「気の所為たい、早う登ろう、腹減った」と言って何気なく後ろに目を向けると、五、六十メートル後に少年の姿があった。

それから、八合目、九合目に入ると少年の姿は見えなくなっていた。

予定通り正午過ぎに山頂に到着した。

山頂からの眺めの良さは登った人にしか判らないと聞いていたが、まさにその通りであった。

昼食を取り、記念撮影をして下山の途に就いた。

「あのガキまだおるのかな」「何処の子だったのだ」「みすぼらしい格好して」そんな話をしながら山を下って行った。

登山客は疎らで少ない中、難しいと言われる下り坂で、登山に慣れない勒は同僚に遅れまいと必死に下って行った。

五合目付近で、勒の足が止まった「ちょっと、トイレに行くけん、ゆっくり行きよってくれんね」と言い、登山道を離れた。

用たしも終わり、登山道へ戻る二、三メートル位の所にある崖に足を取られて滑り落ちたのだ、幸い崖の高さは一メートル位で、転落とはいかなかったが、左足首を捻挫したらしい。

同僚が直ぐに気付いてくれ、手を差し伸ばし登山道の方に上げてくれた。

同僚が「どぎゃんしょった」「どこか痛めたとじゃなかね」「痛かとこなかね」と言うと、勒の左足首が腫れあがっているのに気付いた。

同僚の一人が「こいじゃ、下山でけん、応援頼もう」と言い、携帯電話を取り出した。

携帯電話は、通信圏外で使えない。

その時、あのみすぼらしい少年が現れた。

「おいらが麓まで負ぶってやるよ」勒のリュックを外しながら「このくらいな

らへっちゃらだ」と言うと、リュックを同僚に渡し、腰を下ろしおんぶの型をとった。

少年だが身体は筋肉隆々である。

勒は「本当に大丈夫?」「気の毒いな」と気まずそうで、グズグズしてためらっていた。

横から同僚が「出来る所まで良かけん甘えたらどうね」と言ってくれた。

勒は登山靴を脱ぎ、少年の背に乗った、臭かったが何故か他人とは思えない親近感を覚えた。

休み休みの下山となったが、勒をおんぶした少年が同僚より速い速度で山を下って行く。

下山途中、勒は少年のお腹が鳴っているのに気付き、声かけた「腹減っておっとじゃろう」少年は返事してくれなかったけど、横に付き添ってくれていた同僚が気を利かせ、足を止めて自分のリュックからビスケット等の食べ物を出して、少年に渡した。

少年も足を止め、うまそうに食べていた。

とうとう、麓まで、駐車場までも負ぶってくれた。

予定の時間より三十分近く早く着いた。

ここで同僚達と解散して、勒はお礼にと思い少年に、「何か御馳走するよ、好きな食べ物はある？」少年が初めて笑顔を見せた。

幸いオートマ車だったので運転は出来た。

車に乗せ取り敢えず、ドラッグストアで貼り薬を買い、量販店に行き少年の服を着替えさせ、そして、ドライブインに向かった。

道中、「何処に住んでいるの？」「家族は？」「名前は？」「歳は幾つ？」と説いたが、みんな解らないと言うのである。

逆に、色んな物に指をさし「あれは何？」「あれは？」と次々に聞いてくるのである。

「どうして、これ（車）自然と動くの？」勒が答えた。「俺が動かしているんだよ」「これがハンドル、行く方向をきめているんだよ」「足の下にあるのが、アクセルと言って走る速度を決めているんだ」少年は黙って聞いていた。

赤信号で止まると、「前に何もないのになぜ止まるの」と言い出した。

勒は、この少年は余りにも世間を知らなすぎる、服装もそうだが、どんな辺鄙なところで暮らしていたのだろうか。

ドライブインに着いた、少年はハンバーグをおいしそうに食べた。

話をしているうちに何故か、親近感が膨れ上がってきた。

日も暮れかけた、勒が「今日、帰るところある、送っていくよ」と言うと「ない」と答え、少年は寂しそうに下を向いた。

勒は決めた。「ないなら、おじさんの家に泊まりな」、そう言うと少年は笑顔を見せ、頷いた。

そして、勒の車は家族が待つ自宅へ向かった。

「只今、今帰ったよ」「電話で話した少年だよ」自宅の玄関に入り勒が声をかけた。

妻の小百合が出迎えた。「足はどうね、風呂を沸かしとるけん、この子を入れてやらんね」と言って、少年を見た。

そして、「うちの人がお世話になり、助けて貰ったそうで、本当にありがとうございました」と少年の目を見て深々と頭を下げた。

少年は黙ってキョトンとしている。

内心は、当たり前の事をしただけなのに、今晩泊めてもらうなんて光栄です、お世話になります、と言いたかったのだった。

暫くして、勒の長男紋太郎が玄関に出てきた。

勒が、「妻と子供で妻が小百合」「子供は紋太郎と言うんだ、今、高校生」と紹介した。

「さぁさぁ、早よぉうおあがり」と小百合が少年の手を取り、玄関から床上に導いた。

少年はテーブルのある居間に通され、椅子に座った。

隣の部屋から勒の母、江梨子が顔を見せた。

少年の精悍な顔を見て「あら、この人……」、間をおいて、「何処かで見た様な気がする」と言い出した。

そして、「おうちは何処なの？」と江梨子が問うと、少年は下を向いて黙り込んだ。

それを見て、「そんな事、後で教えてもらうとして、風呂でも……」「俺と入るか」と勒が助け舟を出し、立ち上がり浴室に連れ出した。

風呂から上がると、小百合が少年に「そのぼさぼさの髪、私にカットさせて貰える?」「上手じゃないけど、紋太郎が小さい時は私がいつもカットしていたのよ」と少年に言うと、少年は微笑みながら頷いた。


居間のテーブルに勒の家族と少年が揃った。

温かいコーヒーを飲みながら、勒が今日の出来事を話した。

勒の家族は、勒が怪我した事より、少年の事が気になる様子であったので、勒が少年を傷付けないように、帰りの車の中で少年から聞いた話をまとめて話し出した。

「親の顔は覚えていなく、もの心が付いた時から一人で、山で暮らしていたそうだ」と言い少年の顔を見た。

勒は話を続けた。「あんじむらと言う所に少し住んでいた事があり、そこで着物や履物を貰ったって……」少年の方を見て、「そうだよな」と言い確認した。

少年は軽く頷いた。

江梨子が「お名前はなんて言うの」「何て呼ばれていたの」と聞くと、少年が初めて口を開いた。

「おいとか、こやつ」「……」沈黙の時間が暫く続いた。

江梨子が、「そぉう」「家族の方や、親族の方が探しておられるはずよ」横から小百合が、「今日は、家でゆっくり休んでもらって、明日でも身元確認してもらいに交番に行きましょうよ」

「そうだなぁ、まだ子供だもんなぁ」と言い勒は少年を見た。

改めて家族の紹介をした。

紹介する中で紋太郎が「お互いの呼び名をここで確認しておこうよ」と提案した。

「先ず、この子は、こやつじゃ差別しているようで……」「こや君でどうね」と小百合が言うと、皆賛成してくれた。

勒が少年に向かって、「それでいい？」と聞くと、少年は深く頷き笑顔を見せた。

「江梨子おばぁちゃんはえり、勒はろく、紋太郎はもんちゃん、私はさゆりでどうでしょう」と皆を見ながら、小百合が決めた。

次の日、月曜日の朝が来た。

勒は病院に行き、その足で出勤する事に、小百合も出勤、紋太郎は学校へ、残った江梨子が少年こや君を交番に連れて行く事になった。

こや君は、紋太郎のおさがりのTシャツと短パンに着替え、江梨子と出掛けた。

近くの交番に行き、いきさつを簡単に説明すると、「本署に行く用事が有りますので本官と一緒に行きましょう」と言われ、軽自動車のパトロールカーに乗り瓜生野警察署に連れていかれた。

警察署に着くと担当する婦人警察官が出迎えてくれた。

江梨子とこや君は、生活安全課の一室に通され、担当官から詳しく事情を聞かれ、関係書類に必要事項を記入、最後にＤＮＡ鑑定用の検体を採取してもらった。

「近年、未成年の行方不明での問い合わせが幼少者を含め、毎年全国で千件有り、その内の約八五パーセントは見つかるが、後の一五パーセントは判らないのですよね」と係の婦人警察官が教えてくれた。

「こや君も早く判るといいね」とこや君に優しく声をかけていた。

そして、「捜査には二週間以上かかります」「その間、立花さん宅で見てもらえれば良いのですが」「児童相談所で引き取る事も出来ます」

江梨子は即答した。「勿論、我が家で一緒に暮らします」「昨日から家族の一員だもんね、こや君」と言いこや君の頭をなでた。

係官にお礼の挨拶をして江梨子とこや君は警察署を後にした。


それから、江梨子とこや君の親近感は益々深くなり、何処へ出掛けるのにもいつも一緒であった。

ある日、江梨子が物置にもの探しに行くと、こや君もついてきた。

こや君は、そこで絵本を見つけ「これ持って行っていい?」と江梨子に尋ねた。

江梨子は「それ絵本だよ」と言うと、こや君が「えりに読んでもらおうと思って」と数冊持ち上げた。

夕食が終わると、江梨子の部屋へ物置で見つけた絵本数冊持ってこや君が入ってきた。

一冊の絵本を開き「えり、これなんて書いてあるの」と言い自分も「お・お・き・な・きの・うえ・に……」と片言で読んだ。

「読めるじゃない」「大きな木の上にね、小鳥さんの巣があって、生まれたばかりの赤ちゃん鳥が口を開けてね」と江梨子が、こや君を見ながら読んだ。

こや君は、三～四ページ読んでもらうと「えり、今度はこの本」と乗り物が付いている本を開き、消防自動車を指差し、「これは何するの」江梨子が教えてやると、「ふぅん……」と言って「これは」「これは」と次々に質問してくる。

江梨子は、嫌がらず辛抱強く、こや君の要望に応じた。

次の日の午後、こや君が江梨子に「物置に行っていい」と言ってきた。「なしね」と江梨子が問うと、「本が見たい、色んな本が沢山あった」「自分で見るから」「難しい所があれば夜に江梨に聞くから」と言うのである。

「そんなら良かたい、電気を点けて見るのよ」と言って物置に連れて行った。

夕方になっても出てこないから、心配した江梨子が「飽きて寝ているんじゃなかろうね」と言いながら物置の扉を開けると、物置にあった机にきちっと正座して、分厚い本を開き読んでいるではないか。

驚いた江梨子が「そんな難しい本読めるとね」と言い本を覗くと、なんと辞典の『広辞林』ではないか、その時、この人ただものではないと江梨子は思った。

「絵本を見ているかと思っとった」「本を読むのだったら江梨の部屋で読んでもいいよ」と言い、こや君を物置から連れ出した。

次の日も、『広辞林』を持ってきて読んでいた。

こや君に江梨子が「そんなに本が好いとるなら、今度、図書館に連れていってやろうね」と言うと、「本がいっぱい置いてある所でしょう」「この近くにあるのですか」「この本を読み終わってからでも連れて行って下さい」と話す。

話す言葉もなぜか昨日までと違って今日は丁寧になっていた。

次の日は、物置から江梨子が使っていたソロバンを見つけ出し「えり、これ、ソロバン?」「珠が一つ足らないし、小さいけど?」と江梨子に聞いてきた。

江梨子が、「うん、ソロバンだけど、どうして知っとると?」と問い、「珠は上一つで下四つよ」と、答えた。

こや君は、ソロバンを手に取り、声を出して、「願いましては、二文なり、十一文なり……二十三文なり、三十一文なり、三十七文なり……」と、相当な速さではじき始めた。

江梨子が「何処で習ったと」と聞くと、「前に住んでいた村の親方さんから」「イロハと一緒にね」と答えた。

驚いたのはこれだけじゃ無かった。

ある日、図書館の帰りに、「今日は、少し早いから、秋祭りをやっている神社に寄って行かない？」と江梨子がこや君に話しかけた。

「何がありますか、お参りするの」と、こや君が聞くと、江梨子が、「参道にね、露店と言って、子供達が喜ぶお店がたくさん並んでいて、ゲームが出来る店もあるよ」

路線バスを使い神社に着くと、子供からお年寄りまでの参拝客でにぎわっていた。

江梨子とこや君が歩く五～六メートル先を、若夫婦と五歳位の女の子を連れた家族が仲睦まじく歩いていた。

女の子の手には、露店で買ってもらったのか赤い風船が握られていた。

その風船が何かの弾みで女の子の手から離れ、空に向かいゆっくり飛んでいくではないか、父親が慌てて手を伸ばし風船の紐を摑もうとしたが、風船は嘲笑うかのようにゆっくり飛んでいく。

父親はジャンプも試みたが、「アァー、もうダメだ」

その時、こや君が走った、物凄いダッシュだった。

ジャンプ一番、人の背丈位は飛び上がっただろうか、風船の紐を摑んだのである。

江梨子はあ然、若夫婦もあ然、暫くしてからそれを見ていた参拝客から大きな拍手が沸き上がった。

何も無かったごとく、こや君は女の子に風船を手渡した。

こんな話を勒夫妻にすると、小百合が、「朝早く日が昇る頃に起きて、筋トレや独特の体操かしら、身体を動かしているみたい」「体操選手みたいに、宙返りしているところも見ましたよ」

それを聞いた江梨子が、「そう、……勒を山から負ぶってきてもらったものね」と話す。

そして、「やっぱ、只者ではないわ」と付け加えて江梨子は話した。

こや君と江梨子との図書館通いは続いた。

写真や絵、図形が多い『天体系の本』『科学系の本』を選んで読んでいる時間が多いように、江梨子には見えた。

時折、読めない漢字があれば江梨子に聞いてくる。

それが何時間か続くと、聞くのが気の毒になったのか、面倒くさいのか、「漢字の読み、意味が簡単に分かる本はないですか」と江梨子に聞いてきた。

江梨子は答えた。「国語辞典、……いや、漢和辞典がいいかも」「お家にも置いてあるよ」と言うと、「この本借りる事が出来ますか」と又、聞いてきた。

「出来るよ」と江梨子が答えると、こや君は、『科学図鑑』二冊を手に取り、「これ借りて、お家で読む」と言い、受付カウンターに江梨子と向かった。


こや君の捜査願を出して十日が過ぎた午後、警察署から電話があった。

似た人が何人か見つかりましたので、確認ともう少し詳しい事が聞きたいので、明日にでも県警本部まで来てほしい、と言う事だった。


あくる日、こや君の付き添いとして、今度も県警本部に江梨子がついていった。

その帰りの電車の中で、事件は起きた。

江梨子の隣に座っていたこや君が、「血の匂いがする」と言い、突然立ち上がり、前車両に行こうとした時、その前車両から乗客達が雪崩のように後車両に移動してきた。

その乗客に押され、こや君は止まった。

電車は急停車しアナウンスが流れた。「先頭車両でトラブルが発生しました」「係員の指示に従って行動してください」「ご迷惑をお掛けします」

前車両で殺傷事件が起きた様子だった。

幸い、被疑者は乗り合わせた非番の警察官と乗客達により取り押さえられ、確保されたが、被害者は腹部に傷を負い、かなり出血していた。

江梨子達乗客は、乗務員の誘導により、非常扉から線路に降りて、最寄りの駅まで歩くことになった。


その日の夜、こや君の今後のことについて話し合いがもたれた。

最初に江梨子が口を開いた。「県の警察署でね、該当する人を何人か示されたが、その中には居なかったもんね」「こやちゃん」こや君は江梨子を見ながら頷いた。

「最初に、こや君の意見を聞こうよ」と勒が言う「こや君はどうしたい」こや君は「……」

「そぎゃん急に言われても、返事出来ないよ」と紋太郎が意見した。

少し沈黙が続いた。

小百合が、「こやちゃんがどうしたいか決める迄、家に居たらどうでしょう」「私達がそれまで面倒見るのよ」とみんなの顔を見ながら言う。

勒が、「決まり」「それでよかでしょう、お母さん」と江梨子を見ると、江梨子は頷きながら「貴方達が良かったらよかよ」

「こやちゃんそいでよかネ」とこや君に問う。

こや君は黙って頷いた。

そして、紋太郎は「こや、二階に上がろうぜ」と言ってこや君を自分の部屋に連れて行った。

一階のリビングに残った大人三人での話し合いはまだ続いた。

今日、県警本部で聞いてきた事を江梨子が話した。

「警察で身元が判らない場合は、児童相談所を通じて孤児院に入るか、里親を探してもらうか、この二通りの事が多いそうだ」と言う。

「もしも、こや君がそうなった場合の事も、私たち考えておかなければいけないよね」と小百合が心配そうな声で話す。

「……」「まだ時間はあるけん、こや君の意見をよぉ～聞いて、決めるたい」と勒が話をまとめた。


その後も、江梨子とこや君の図書館通いは続いた。

そのうち、こや君は一人で図書館に行けるようになり、午前中は図書館で本を読んだり、何か調べ物をしたりして過ごしていた。

そんなある日、昼になっても帰らない事があった。

江梨子が心配して図書館に電話すると、女性の係員から、「こや君は凄く熱心で、側に辞書の『広辞苑』と『漢和辞典』を置いて難しい専門書を読み解くのに夢中で時間が経つのを忘れているみたいです」「帰る様に伝えますのでご安心ください」との事だった。

足の怪我もすっかり良くなった勒は、こや君を連れて隣町にあるゴルフの打ちっ放しができる練習場に行くことになった。

次の日曜日、勒のゴルフ仲間とコースを回るための練習にこや君を連れだしたのである。

練習場に行く車の中で、「こや君、図書館でどんな本を読んでいるとね」「小説ね」と勒が聞くと、「いや、色々と世間が知りたか」「専門書を開いて、疑いながら読んでいる」と答えた。

「専門書……」「どんな……例えば科学とか、医学書とか」と勒が聞くと、「まあ、そんなとこ」「今読んでいるのは原子量の定義、求め方で、突き詰めるのには時間が長くかかりそう」と言うのである。

勒はすごく驚いた。「凄いなぁ」と言うので精いっぱいだった。

練習場に着き、勒が打ち始めた。

怪我した左足が気になったのがボールは思うように飛んでくれない、フックしたりスライスしたりで距離も出ない。

「こや君も打ってみなよ」と勒が言い、貸クラブのドライバーを借りてきてくれた。

こや君は「何処まで飛ばしたらいいんですか」と聞く、「ネットがあるから、どこまでもいいよ」と勒が言う。

こや君はボールをティーペグの上に置き一回素振りをした。

それを見ていた勒は空振りしたと勘違いし「なぁ……難しいだろう」と声かけた。

すると、次のスイングではきれいなフォームで真っすぐ低い弾道で飛ばしたのである。

勒はまたもやビックリ、距離も二五〇ヤードと書かれたネットまで飛んだ、プロ並み、いや、プロ以上に飛んでいるではないか。

二打目も三打目も……十五打目もほぼ同じ位置にとばしたのである。

勒は自分が打つのをやめ、こや君の打球に釘付け、この少年は本当に只者ではないと思った。

「こや君、何でそんなに飛ばすことができるの」と勒が聞くと、「ボールの重心を真横から強く打っているだけです」「物理学の本に書いてありました」と言うのである。

予定したボールを打ち、練習場を出ると、何処で見ていたのか、練習場の関係者が近寄ってきて「何処のクラブでしているの？」「いいスイングしているわ」とこや君に笑顔で声をかけていた。


そして、次の日曜日、ゴルフ仲間とのゴルフに勒は、こや君をキャディとして連れていくことにした。

この日は、フェアウエイが広く全体的にフラットな初心者向けのコースで、一番ホールから九番までのハーフ・インコースを仲間四人で回る予定だ。

じゃんけんで打つ順番を決め、一番ホール、四二〇ヤード、パー・4に挑み、勒が三番目にティーショットを打った。

一週間前の練習通り、ボールは大きくスライスし、フェアウエイに乗ったもののの飛距離は出てない。

三打目でグリーンに乗りツウパットでボギー、上出来と言い勒は笑った。

前もってこや君の凄さを勒から聞いていたメンバーの一人が、「こや君にティーショットを打ってもらったら」と勒に催促した。

「じゃぁ、この二番で打ってもらうよ」とこや君を見ながら言うと、メンバーで一番背丈が低い松山さんが、自分の使っているドライバーをクラブケースから取り出し、こや君に「これ使いな」と言い渡した。

二番ホールは、距離は一番コースと同じ位でも、フェアウエイは狭く少し高低があり難しいコースである。

こや君は、ティーペグにボールを乗せ、一回素振りして打つと練習場と同じで、低い弾道で真っすぐ青い空にボールは飛んで行った。

距離も出ている、メンバーには何処まで飛んだか判らない距離だ。

すると、「あの松の木がある横に見える」とこや君は、言うのである。

メンバーは顔を見合わせ「それが本当ならば、二五〇ヤード以上は飛んでいるよ」「凄いなぁ……こや君は」と感心した様子だった。

こや君が言う松の木に近づくと、こや君が言う通り松の木の横のフェアウエイにあった。

このホールメンバー全員がダブルボギーで終わる。

こや君が次に打たせてもらったのが、七番ホール、二一〇ヤード、パー・3である。

今度、貸してもらったクラブは三番ウッドで、こや君はクラブを受け取ると、クラブのヘッド角度を入念にチェック、ティーショットを打つと、ボールは角度を付けて舞い上がりピン手前のグリーンに乗り消えた。

ホールに入ったのだ。

ホールインワンである。

メンバーはざわついた「今のは、入った……どう」「本当に……」「俺、初めて見たよ、目の前で……」「本当に凄いな、こや君は」

メンバー達は、それなりのスコアで回ってハーフは終わった。

こや君のおかげでスコアが一番良かった勒が、みんなの食事代を払うことになった。

食事しながらの話題は、勿論こや君のショットの凄さの事で盛り上がった。

「あの、ショットはすごかったけど、二五〇ヤード先のボールが見えると言ったのには驚いたよ」「俺なんか自分で打ったボールが何処へ飛んだかわからないのに」「こや君には驚くばかりだよ」とメンバーの一人が笑顔で話す。

こや君はそんなことを黙って聞きながら、うまそうにハンバーグを食べていた。

そして、食べ終わると、メンバー一人一人を見ながら、こや君はこう言った。「尾崎さん、石川さん、松山さん、それと勒にお願いがあります」「聞いて下さい」「こやつの事、ゴルフの事、ここを出たら言わないでください」「特別扱いされるのが嫌いで、イヤなんです」……「約束してもらえますか」と念を押した。

こや君は、右手の小指を立て、「じゃぁ……指切りげんまん～尾崎さん」と隣に座っていた情にもろい尾崎さんに小指を出した。

尾崎さんは突然の事で驚いた様子、自分の上着で右手を拭き、こや君と「指切りげんまんうそついたら針千本のぉ～ます」と声出して子供のように、指切りした。

尾崎さんが、「なしか、ガキの頃に返った気持ちになったばい」「涙が出るよ」と言い、こや君の目を見て「絶対まもるよ」「男と男の約束だもんな、こや君」こや君は頷いた。

それを見ていたメンバーも順番に「指切りげんまん……針千本……」と、こや君と約束した。

ゴルフ場を出て、帰りぎわメンバー達がこや君に寄ってきて「今日は、いいものを見せて貰い、いい体験をさせてもらい感謝だよ」とこや君に握手を求めてきた。

何時もの長渕剛の歌が流れる帰りの車の中で、「今度は山がある所に連れて行ってもらいたい」と勒に頼んでいた。


身の振り方についての気持ちを聞けない中、こや君の図書館通いは続いていた。

そんなある日の午後、図書館から江梨子に電話があった。「立花さんですね、市立図書館の与謝野と申します、こや君の事で電話したのですけど……」慌てた江梨子が「こやちゃんが何か問題を起こしたんですか」と動揺した声で尋ねると、図書館係員の与謝野さんから、「そうじゃなくて、こや君がここで読んでいる書物の、読む速度と理解の速さが常人離れしていて、余りにも優秀だから」「こや君の能力を見てみたらと、思って電話したのです」と言われた。そして、近いうちに図書館にご足労いただきますか、詳細はその時お話ししますとの事だった。

二日後、こや君と連れ立って図書館に行った。図書館に着くと、係員の与謝野さんから江梨子だけ別室に案内された。別室では、館長の夏目さんを紹介された。江梨子が、こや君との出会いを簡単に説明して、こや君のこれからの事を心配している事を話した。

係員の与謝野さんが口を開いた。「そうですか」そして、こや君の能力の高さに驚いた事を江梨子に話した。

「最初の頃は、天文学の本を見て大きい数字が読めないのか、私にいちいち聞きに来ていました」「何回も聞きに来るので、小学校で習う算数の本を低学年から高学年の本まで揃えてやりました」「一週間もすると、自分で数学の本を探し出し、今では微分・積分、それも大学で習う多変数関数や、代数幾何学の本を読んでいるみたいです」

「さらに驚いたのは、こや君に難しい本ばかり読んでいたので、たまには小説でも読んでみないと言って伊藤左千夫の『野菊の墓』を持って行ったの、こや君は素直に受け入れ読み始めて、一時間もかからずで読み終えて本を返しにきたのです」

　余りにも読み終わるのが早かったので、「面白くなかったの」と聞くと、こや君は、「全部読みました」と言うのです。

　そして、読んでの感想まで言うのです。

「どうしてそんなに早く読めたの」と聞くと、「三行ずつ読んでいきました」

「目線を真ん中の行に置いて同時に前の行と後の行を読んでいくのです」と考えられない事を言うのです。

「この人の頭の中はどうなっているのだろうと思い、館長と相談して、知能検査を受けてもらったらどうかなぁ、と考えて今日来てもらった訳です」

「そうですか」と江梨子は言い、「それは本人がどう思うかです、こや君に聞いてみましょう」と江梨子は答えた。

「じゃぁ、こや君を呼んできます」と言って、係員の与謝野さんは、こや君を呼びに席を立った。

江梨子達が居る別室に連れてこられたこや君に、江梨子が知能検査の事を言うと、「いやだよ、おいらはこのままでいい、評価されなくてもいい」ときっぱり断った。

残念そうな顔をして、与謝野さんは、「こや君はパソコンでインターネット出来るでしょう」と尋ねた。

こや君がうなずくと、与謝野さんは机の上にあるパソコンを点け、インターネットでＩＱテストを検索して、「ここに検査、問題が色々あるので自分で好きな時に試したらどうでしょう」と教えてくれた。

こや君は、「お姉さんからはいつも優しく教えて貰うばっかりで……」「紋のパソコンで試してみるよ」と笑顔で答えた。

安堵した与謝野さんは、「こや君は私の弟みたいで可愛い……」と笑顔で言っていた。

帰り際、館長から江梨子に「ちょっと古いのですけど、紙の『知能検査票』が有りますのでお持ちください」と検査票を渡された。

いつの日か、もう、こや君は立花家の一員として家の手伝いを精力的にしてくれていた。

紋太郎の部屋はもちろんのこと、風呂掃除、トイレ掃除、玄関周辺の掃除はこや君の担当みたいになっていた。

特に、トイレと玄関はいつもピカピカで、紋太郎の母小百合から感謝されていた。

そんな日の休日の昼下がり、江梨子が勒に、「勒、いつか近い内、みんなで温泉でも行こうか」と投げかけた、「そうね、こや君も山に行きたいと言いよったけん、何処か山の中にある温泉でも行くか」と話していたら、紋太郎が帰ってきた。

江梨子が、「紋ちゃん、さっき紋ちゃんに電話があったよ」「松原さんと言う女のお友達と言っていた」「携帯に電話したけど出なかったからと言って、用件はメールを見て下さいって」と言うと、「あぁ、分かった」つれない返事が紋太郎から返ってきた。

横で聞いていた小百合が紋太郎に温泉に行く事を説明、そして、「そんなら、大分の由布院が良かよ」と決め、二週間後の休みの日に由布岳に近い宿を予約した。


そして、日帰り温泉に行く日が来た。

勒が運転する車に乗り込み、由布院目指してのドライブである。

聞き飽きた松山千春の歌を聴きながら、車は大分県に入った。

すると、突然、「この先渋滞になりそう」とこや君が言い出した。

紋太郎が、「何で解ると」と問うと、「ただの勘です」とこや君は答えた。

「なぁ〜んだ、それだけ」紋太郎とこや君の会話が済んだ十五分後位に、今度は、「聞こえますか、パトカーのサイレンの音、こっちへ近づいてきます」と、こや君が言い出した。

「又、勘、私、全然、聞こえんけど、小百合さん、紋、聞こえる」と江梨子が二人に聞くと、二人共声を合わせたように、「全然、聞こえません」の答え。勘が、「音楽を止め、窓ば少し開けるけん、よぉ聴いて」と言い、音楽を止めた。

三人とも、「それでも聞こえない」と言う。

暫くして、「聞こえた」紋太郎が叫んだ。間も無くして、パトカーはサイレンを鳴らし勒達の車を追い越して行った。

先は事故で渋滞、こや君の勘が当たったのである。

幸い渋滞は二十分程度で済んだ。

渋滞で止まっている間、江梨子が野球の話をした。「総司おじいちゃんね、熱狂的な西鉄ライオンズファンで、ここ大分県の別府出身の稲尾投手が大好きで、鉄腕稲尾と言われシーズン四十二勝した事もあって、神様、仏様、稲尾様と言われていたのよ」と教えてくれた。

「東京に住んでいる頃、そのライオンズが身売りし、本拠地の福岡を離れ埼玉に来る事が決まった時、何故か総司おじいちゃんの落胆した顔が今でも思い出させるのよ」「埼玉だから、近くに来るのにね」「何故か九州にこだわっとっとよ」と話した。

そして、こや君に、「野球見たことがあるね、今シーズンはもう終わったものね」「春になったら勒に連れて行ってもらいんしゃい」と付け加えた。

こや君はそんなことはどうでも良かった、車窓から見えるやまなみの方が気になっていた。

予約していたこぢんまりした宿につくと、大人達は温泉に入る準備する中で、紋太郎とこや君は宿の周辺の散策に出ていった。

昼食の時間となり家族が宿の食堂に集まった。

昼食には郷土料理が出た。

一口食べたこや君が「これは美味い、砂糖を使わず具材から塩で甘みを引き出し、蜂蜜とこしょうで、上手に旨味を絡ませ作られていて、とても美味しい」と、料理評論家みたいな事を言った。

それを奥の調理室で聞いていたのか聞こえたのか調理人が出てきて、「お客さん、ありがとう、よくわかりますね」「嬉しいです」とこや君にぺこりと頭を下げた。

　すると、小百合が、「私にもこんなに美味い料理が出来たらいいのにね」と、皆を見ながら言う。

「ムリ、ムリ」紋太郎が馬鹿にした様な言葉で言うと、横からこや君が、「違う、違う、さゆりの料理には誰にも出来ない家族愛の味が溶け込んでとても美味しいです」と一言。

　江梨子も同感して、「そうよね」「こやちゃん、いい事言うね」「そして、予知能力もそうだけど、味覚も一流だね、凄い」

　こや君は少し照れながら目線を上げると、民芸品が飾ってある食堂の鴨居に目が行った。

　民芸品に交ざって、登山用のちょっと変わった形をしたナイフをこや君が見付けたのである。「これほしい、貰いたい」と言い出した。

　それを聞いていた宿のオーナーが、「気に入ったなら譲って良かよ、持って帰って良かばい」「他にも何本かあるけん」と言ってくれた。

　直ぐ、オーナーは鴨居からナイフを取り、「安くしとくけん」と言い、勒を通しこや君にナイフは渡された。
こや君は満面に笑みを見せ、「おじさん、ありがとう、大事に使います」
オーナーの目を見て深々と頭を下げた。
郷土料理の昼食を頂き終えると、「山に行ってきていい、早く行きたい」と、
こや君はみんなの前でお願いした。
紋太郎が、「俺、温泉に入るけん、お父さんと行きな」と言うと、勒も、
「ゆっくりしたかけん、一人で行けば良かたい」と言われて、こや君は一人で
山へ行くことになった。
江梨子が、「四時半には、ここを出るから、そいまでには帰ってきてね、よ
かネ」「日が沈む前よ」と言って、約束し送り出した。
貰ったナイフを腰につけたこや君は飛び出すように宿を出ていった。
残った立花家の人々は、各人思い思いに自由な時間を過ごしていた。
そして、帰る時間の四時半が近づいてきたが、こや君が帰ってくる気配はな
い。
とうとう四時半が過ぎたがこや君の姿はなかった。

勒が、「明日がある俺達は五時に出よう」「母さんはここで泊まりこや君が帰ってくるのを待って、明日でも電車で帰ってくればよか」と決断した。

「そうね、私も明日は仕事だし、紋太郎は学校だもんね」と小百合も勒の意見に賛成した。

少し考え困った顔をして、「そぉするわ、分かった」と江梨子も同意した。

宿のオーナーに宿泊の許可を得て、五時過ぎに勒達は宿を発った。

一人になった江梨子は腹をくくり、温泉に入り湯船の中で、こや君はこのまま帰ってこないかもしれない、こや君の居場所は元々大自然の中だもんね。

もしも、このまま帰ってこなかったら探さないでおいた方がいいのでは、そう言う事を考えながらこや君が帰るのを待っていた。

陽は西の空に沈み、辺りが暗くなり始めたがこや君は帰らない。

宿のオーナーも心配してくれて、「その辺を見てくるわ」とヘッドライトを頭につけ探しに行こうとした時、腰にナイフ、竹筒を提げたこや君が薄暗闇から現れた。

「あぁ良かった、怪我しとらんね」「早よう温泉でも入り身体ば休めんね」江梨子はしからなかった。

こや君は気まずきそうに一言、「ごめん……」江梨子に頭を下げ、「紋達は……？」と聞いた。

「先に帰ったたい、こや君と私は今日ここに泊まるとよ」「そして、明日、電車で帰ろう」と江梨子は優しく言った。

「うん」とうなずいて、こや君は温泉の風呂場へ向かった。

翌朝、朝食をすました後、買い出しに行くオーナーの車に乗せてもらい二人は駅まで送ってもらった。

時は流れ、江梨子とこや君は師走の街へ出掛けて行った帰り道の事だった。歩道を歩いていた江梨子達の横を、ニット帽を深く被った若者が乗った一台の自転車が通り過ぎて行った時、こや君の足が止まった。

「どうしたぁん」江梨子がこや君に声を掛けると、こや君は黙って通り過ぎた自転車をにらみつける様に見ていた。

その自転車が二、三十メートル先にある路地に左折して入ってすぐだった。

その路地の方向から女の人の悲鳴が聞こえた。「返して……泥棒……」、ひったくりである。

こや君がダッシュした、物凄い速度で走り路地に消えた。

江梨子もつられて小走りで後を追った。

路地に入って七、八メールの所で、会社の事務員と思われる女の人が座り込んで涙ぐみ、周りに駆け付けた人達に何か言っている。

江梨子も近づき女の人を見ると、ひざ・肘に傷を負いまだ出血している。「大事なバッグを自転車に乗った人に取られた、誰か警察に通報してください」と言っているのだ。

暫くして、自転車に乗った男を追っかけた高校生と思われる若者が追うのを諦めて帰ってきた。

そして、こう言った。「俺、陸上部で足には自信があったが、自転車には勝てませんでした」「だが、俺より速い速度で走る若い人が、今迄で見たことがない速さで俺を抜きさり追っかけて行きました」「それは凄い速さで、言葉で言い表せない位です」

「強いて言うなら、あのジャマイカのウサイン・ボルトよりも速かったかも」とやや興奮しながら話した。

こや君の事である。

そのうち、何人かが被害現場に集まり出した。

暫くして、路地の向こうからひったくられたバッグを持って、ゆっくりした駆け足で戻ってくるこや君の姿があった。

こや君がひったくりからバッグを取り返したのだ。

そして、「中身はどうですか」と言って、座り込んでいた女の人に手渡した。

被害現場に集まった人の一人から、犯人は取り押さえたのかと、聞かれたこや君は、「おいらが自転車を倒したものだから、自転車ごと建物の壁に衝突し、転び、足を怪我したみたい」「足を引きずりながら歩いて逃げて行った」と答えていた。

バッグを奪われた女の人はゆっくり立ち上がり、こや君に何回もお礼を言い、バッグの中身を確認し、「ありました、さっきそこの銀行で下ろしたばかりです」「本当に助かりました」と言い、また何回もこや君に頭を下げていた。

落ち着いた所で、こや君に向かい、「よろしかったら、お住まいと、お名前を教えて欲しい」と女の人が言ってきた。

こや君は、出血している膝を見ながら、「そんなことより、怪我は大丈夫ですか」と女の人に気遣っていた。

そして、「住んでいる所も、名前もありません」と言い、江梨子の手を引き足早に現場を後にして、大通りに向かった。

江梨子達が大通りの横断歩道を渡る間際、回転灯を点け、サイレンを鳴らしたパトカーがひったくりの現場の方に向かって行った。

紋太郎は期末テストも終わり、息抜きにクラスメイトとカラオケに行くことになった。

期末テスト中、勉強をこや君に教えて貰ったお礼にと思い、こや君をカラオケに誘うことにした。

ワイワイ言いながら、紋太郎の他、男子生徒一名と女子生徒二名、それとこや君の五名で郊外のカラオケボックスに入った。

紋太郎が簡単にこや君の事をクラスメイトに紹介をして、各自、得意な歌から歌い始めた。

順番を待つ女子の松原さんから、「ねえ、立花君、私の親友のユキ知ってる?」と声かけられた。

紋太郎は一瞬、ユキと聞いてドキ!「ユキ……可愛いけど少し気が強そうな子?」と答えると、松原さんが、「そぉ、立花君に好意を持っているよ」「立花君はどうなの」と、言うのだ。

「どぉって?」「好きかどうかよ」「俺、今は嫌いな人はいないよ、みんな好きだよ」「ここにいるみんなも」と会話は続き、紋太郎は返事を濁した。

そんな話をしていると、もう一人の男子が、「紋の番だぜ、点数が出るけんね」と、マイクを紋太郎に渡した。

唄った歌に対して評価の点数が出るのだ。

一喜一憂しながら、今、流行りの歌を順番に歌い盛り上がっていった。

こや君が唄う番になった。

「こや君は何にする」紋太郎が曲を検索するタブレットを渡した。

「おいら、歌なんか唄った事がないけど」と言いながら、紋太郎に渡されたタブレットを戻しながら、「松山千春が歌う『大空と大地の中で』を選んでください」と頼んだ。

男子生徒が、「俺も好きな歌なんだ、けど難しいよ」と言うと、こや君が答えた。「紋太郎の父さんの車の中でいつも聴いていたので何とかなるよ」と言う、すると、みんな心配そうな顔をして顔を見合わせた。

紋太郎が、「そう、うちのお父さんネ、松山千春が好きでいつも車ではＣＤを聴いているからなぁ」と助け舟を出した。

みんなが注目する中、前奏が始まりこや君が歌いだした「♬果てしない大空と 広い大地のその中で……いつの日か幸せを 自分の腕でつかむよう……歩き出そう明日の日に 振り返るにはまだ若い～～～」ここで、みんながまた、顔を見合わせた。

意外、とても上手に唄うではないか、音程もリズムも外れていない、若干感情が弱いところもあるがプロ級である。

「♬～～～こごえた両手に 息をふきかけて しばれた体を あたためて」ワン

コーラスが終わった、みんなが驚き拍手喝采だ。

ツウコーラス目が始まる「♬生きる事がつらいとか 苦しいだとか言う前に野に育つ花ならば 力の限り生きてやれ〜〜〜」みんな聴き入っている。

唄い終わると点数が出る。

皆が画面に注目すると一〇〇点と表示、満点なのだ。

「メッチャうまいやん」「俺、一〇〇点初めて見た」「私もよ」「凄いなぁ、こや君は」「ほんとに初めて歌ったの」「松山千春も顔負けよ」「将来は歌手、決まり」みんな大騒ぎ。

女子生徒の一人が、「こや君とデュエットしたい」「『北空港』を歌いたい、いいでしょう」と言い出した。

すると、もう一人の女子松原さんも、「私も入れてよ、いいでしょう」「三人で歌いましょう」と提案してきた。

すると、こや君は、「聴いた事が無い歌は唄えないよ」と言い、断ってきた。

それを聞いて、最初に唄った男子生徒が「代わりに俺と唄おう」と、こや君の代わりを務めた。

この後、四曲目に三人で歌うことになった。

そして、二回目のこや君の番が回ってきた。

今度は、懐メロの曲を選んだ。

江梨ばあちゃんがいつも口ずさんで唄う、自分のテーマソングと言う橋幸夫の『江梨子』を唄いたいと言う。

前奏が始まるとみんなが静まりかえった。

「♬冷たい雨が降る朝に、一人で～～～～」「♬～～～～しないけど、残る名前の美しさ」と歌い終えた。

今度もとても上手い、画面の点数表示に注目した。

満点の一〇〇点である、今度は誰も驚かなかった。

最後にみんなで『青春時代』を合唱し、お開きとなった。

帰り際、松原さんが、「今度、ユキを連れてくるから何処か三人で遊びに行こうよ」と、紋太郎に催促していた。

季節は年の瀬に近づいていた。

一本の電話が警察署からかかってきた、てっきりこや君の身元が解ったのかと思って、江梨子が電話に出ると、「もしもし、瓜生野警察署の杉内と申します」「先日起きた、ひったくり事件の事で協力してもらえませんか」「明日お伺いします」の事だった。

次の日、担当の杉内巡査が、捜査三課の似顔絵が描ける巡査と一緒に立花家を訪れた。

被害者の証言や防犯カメラで捉えた状況から、こや君が被疑者を一番知っているのではないかと判断して、協力してもらいたいと言うのである。

被疑者の似顔絵を作りたいので、顔の特徴を思い出す範囲で良いから教えてもらいたい、と言うのである。

似顔絵担当の巡査がスケッチブックを取り出し、「顔の輪郭は」「目の大きさは大きい、二重、それとも一重」「鼻は……」「口元は……」と矢継ぎ早に聞いて、消しては描き、また、消して描き、こや君がイメージしている顔にはなかなか近づけない。

面倒くさくなったのか、こや君は似顔絵担当の巡査に、「おいらに描かせてください」と言い出した。

巡査達は顔を見合わせ、杉内巡査が、「じゃぁ、参考にするから描いてもらったら」と似顔絵担当の巡査に指示した。

似顔絵担当の巡査は不満顔でスケッチブックを一ページめくり、こや君に渡した。

こや君は渡されたスケッチブックに描き始めた。

先ず、顔の輪郭を薄くて細かい線を使い描き、中心線を縦に、眉毛と口の位置を横線で描き、バランスを取ると、デッサンするように鉛筆を上手に使いこなし描き始めた。

みるみるうちに濃淡を付けた被疑者の似顔絵が出来上がっていくと、巡査達がまた、顔を見合わせ、「これは上手、何処でこんな高等なデッサンを習われたの」と驚いていた。

それもそうである、出来上がったニット帽を被った被疑者の似顔絵は、まるで白黒写真と同等と言っても過言でない位の出来栄えだった。

しかも、少し横向き顔で、鼻の高さ、耳の形が判る様に描いている。

無精ひげの下に見える一センチ程の傷跡も、耳たぶの小さな変形も見落としていない。

江梨子も似顔絵を見て、心の中であのダビンチより、上手かもと思ったくらいの絵であった。

その出来上がった似顔絵を見た杉内巡査が、「これ、半グレのあいつだよな」「やっぱりな」と呟いた。

そして、両巡査は、江梨子とこや君に捜査協力のお礼を告げ、敬礼をして立花家を後にした。

ちなみに、四、五日後の地方紙の片隅にひったくり容疑者逮捕の記事が掲載されていた。

寒い日が続き、とうとう大晦日になった。

立花家では、大人たちはリビングルームでテレビの歌番組を見て楽しんでいる。

テレビに興味がない紋太郎とこや君は、紋太郎の部屋でパソコンゲームをして過ごしていた。

紋太郎はパソコンゲームでもこや君には敵わない、こや君はどんな時でも手抜きをしてくれないのだ。

紋太郎が、「本当にこや君は強い、こやの頭の中はどうなっているのかなぁ」「俺達の頭の中を調べてみようよ」と言って、パソコンでＩＱテストを検索し出した。

そして、お互いの能力をゲーム感覚で試してみることにした。

テスト内容は五十問あって図形や数字、アルファベットの組み合わせで、同類・異類を見極め、同類を足したり引いたり、ある法則で並んでいる図形や数値を次に来るものを当てるやり方で、六択から選び素早く答える方式である。

こや君がすると、速い、速い、問題が出ると、一瞬で答えをクリック、これを五十問、一分ちょっとで全問回答した。

回答が終わって、結果を見ると、何と『あなたのＩＱは一八四～一九二です』と表示された。

「これ、ほんなこつ」「俺の一一一～一一五は分かるばってん」「もう一回やってみてん」と紋太郎が催促してきた。

こや君は、紋太郎に促され二回、三回と違う問題でも試してみたが、結果は大体同じ一九〇前後のスコアを出した。

紋太郎が、「今迄、一四五の天才がいると聞いていたが、こやはそれ以上いや、日本にいるかいないかの人だよ」「凄いなぁ、こやは」と、とても驚いていた。

暫くして、熱い紅茶とショートケーキを持って、紋太郎の母小百合が紋太郎の部屋に入ってきた。

すると、「ねえ、ねえ、母さん、こや一九〇だよ」と紋太郎が言うと、「なんがね」と小百合が聞く。

「IQたい、知能指数のIQ、天才の中の天才だよ」と少し興奮気味に紋太郎が母小百合に言うと「それ、何でわかるとね」小百合が聞く。

「今、このパソコンで試したつよ、公式のやつじゃなかばってん」とパソコンの画面を見せ、「こげな問題たい」とこや君を見ながら、紋太郎は小百合に答えた。

小百合もパソコンの画面を覗き、「これ、よく脳トレクイズに出る問題じゃない」と言うと、「こいば、素早く答えるとよ」「こやは……」と紋太郎が小百合に教える。

「ところで、貴方……、紋は何点ね」「俺……、俺は一二〇くらいたい」「平均は何点？」「大体、九五から一一〇が一般的と書いてある」小百合と紋太郎の問答を側でこや君はキョトンとして聞いていた。

そして、持ってきた紅茶とケーキを机に置いて、小百合はリビングルームへ戻っていった。

リビングルームへ戻った小百合は、今、紋太郎に聞いた、こや君のＩＱの事を江梨子と勒に話すと、江梨子が、「そぉそぉ……貴方達にまだ話してなかったね」と言い、図書館で係員の与謝野さんから聞いたこや君の事を話した。

勒が、「本当、こや君は異次元の人間だよなぁ」「これからどんな人になるのだろうな」と呟く。

「これから……？」と小百合も呟く。

江梨子が、「こや君の身元がもしも分からなかったら、のこれからも考えておかないといけないよ」と皆を見ながら言う。

「その事だけど」と小百合が切り出し、「私の意見として聞いて下さい」と前置きし、「内、立花家で里親として受け入れたらどうでしょう」「十八歳までと期限をつけて」と持論は続いた。

「その後は、仕事を見つけるなり、学問を希望するなら奨学金制度を利用して大学へ行き、働き出して返済していく方法を取り、独り立ちしてもらうのよ」と言うのである。

小百合の話にみんなが聞き入った。

そして、暫く経って、「そうしたら貴方達が大変でしょう」「貴方達が良ければ、私もよかよ」と江梨子が賛成する。

小百合と江梨子が勒の方を見ると、「それはそうとして、大事なことはこや君の気持ちだよ」「こや君がどうしたいかどうかだよ」と腕組みしながら勒は言う。

そんな中、飲み終えたコーヒーカップとケーキの皿を持って、紋太郎がリビングルームに現れた。

小百合が、「こやちゃんはどうしたと」と聞くと、紋太郎が「もう寝た、今日は俺に付き合って遅くまで起きていたもん」「いつもは日が沈むと眠くなると言っていたから」「その代わり、日の出前に起きているよ」と答えた。

こや君の話は続いた。

こや君の知能、運動能力の話だ。

「そんなに高い知能を持っているこや君なら、将来経済学者でもになって、この行き詰まった資本主義を研究して立て直してもらいたいね」「ほんの一握りの富裕層が、全世界の人口の四分の一の資産を持つこの世界を」と小百合が小言を言う。

紋太郎は、「俺は、地球温暖化を研究する科学者になって、二酸化炭素を削減して、ノーベル賞でも、もらえたらよかと思う」と言う。

「そうね、先ずは地球や人類を守る事が先よね」と小百合が続いた。

勒は、「運動能力も良かけん運動の道も侮れんばい」「オリンピック陸上短距離で金、水泳長距離で金のダブル金とか、どぎゃんね」と言い、江梨子の方を見て意見を促す。

江梨子はこう言った。「大きな会社や、小さな会社でも、公務員でも、研究者でもいいから、好きなところで働き、可愛いお嫁さんでも貰い、平凡に正直に正々堂々と健康に暮らしてほしい」そして、「総司お爺さんの様にね」と付け加えた。

その後もこや君の話は続き、年は暮れていった。

翌年、幕ノ内の三日、茶の間ではこや君を含め立花家の人達がテレビに釘付けになっていた。

マジックショーが放映されていたからだ。

世界でもトップクラスのマジシャンや日本でも名の知れたマジシャンが揃い、次々と得意のマジックを披露して、目の前で見ているゲスト達をうならせていた。

最後に、瞬間移動と銘打って、マジシャンの一人が手足を縛られて、特製の箱に入り鍵をかけられ、その箱に幕を張り、さらに箱の周辺に仕掛けられた爆発物が爆発して、爆破音と共に脱出し、数キロ離れた場所に現れると言うマジックである。

まさに現実では有り得ない事である。

テレビを見ていた立花家の人々が不思議がるやら驚く中、こや君が突然、「おいらもこれと似たような事でこの地へ来たのだよ」と言い出した。

「それはどういう事」と勒が真相を聞いてきた。

こや君がしゃべりだした。「山でウサギを追っていたら、急に眠たくなりその場に横になって眠り込んでしまったのだ」

「気が付くと、林の中の草むらに居たのだよ」と続けて話す。「時間がどの位経ったかわからないが、腹が減って木の実を探して歩き回っていたら、勒達と遭遇したのだよ」と話した。

江梨子が、「その山でウサギとやらを追っていた所、場所は何処なの」と問うと、「皆があんじ村と言っていたから」とこや君は答えた。

「警察署でもそう言っていたね、私、何処かで聞いたような」と考える江梨子だった。

すぐ、紋太郎がスマートフォンを取り出し、あんじ村を検索したが、見つけることができなかった。

寒い日が続く時期もいつしか終わりを告げ、春の足音が聞こえる時期になっていた。

そう、プロ野球ではキャンプが始まったのだ。

そして、オープン戦が少し離れた地方球場で開催されると言うのである。

勒は早速オープン戦のチケットを手配した、紋太郎とこや君を連れていくためだ。

チケットが運良く手に入ると、「紋、こや、内野席のチケットが取れたバイ、二月二十七日の土曜日たい」と紋太郎とこや君に言うと、紋太郎が「俺、野球には興味がないもん」「こやちゃんはどぎゃん」とこや君の顔を見る。

「おいら見たことがないのでいってもいいよ」とこや君は勒の要望に応じた。

そして、紋太郎の代わりに江梨子が付いて行くことになった。

江梨子が小百合に、「紋ちゃんは、なしいかんとやろか」と尋ねると、小百合が「友達とどこか行く約束があるとでしょう」「バレンタインで初めてチョコを貰って嬉しそうだったし」「三個貰ったと言よった」と答えると、「彼女が出来たとやろか」「最近、機嫌が良かもんね」と江梨子が笑う。

二月二十七日が来た。

西武ライオンズと広島カープの試合である。

少し早目に球場に着くと、内野席よりも芝生のある外野席の方が良いと、こや君が言い出した。

勒は球場の係員に頼みライト側外野席で見る事にした。

試合が始まると、ルールが解らず見ているこや君に江梨子が、「球を投げている人がピッチャーで、その球をバットで打っている人がバッターて言うの」「バッターは人のいないところに球をバットで打つの、そうしたらランナーとなって塁に出るの」「人が守っているところに飛んでいくと、バッターはアウトとなり、アウトが三回になるまで攻撃側は続け、塁に出たランナーがホームベースに帰れば点数が入り得点となる」「点取りゲームで攻守交替を九回までするの」と一から教えていた。

そう、江梨子は新婚の時、熱狂的なライオンズ（当時は太平洋クラブ）ファンであった総司から、後楽園球場に再三連れて行ってもらっていたから、少しは分かるようになっていた。

試合は淡々と進み、中盤までゼロ対ゼロの投手戦、三人それぞれ試合の見方が違っていて、勒は新戦力となる選手に注目して見ていた。

江梨子はこや君にルールを教えるのに必死、こや君はそんな野球のルールとかどうでも良かった。

「ねえ、あのボールそこら辺にある石ころより、重たいの？」とこや君は江梨子に聞く、変なこと聞くのねと思いながら、「ボールの重さは知らないけど石の方が重たいはずよ」と江梨子は答える。

横で聞いていた勒が、「硬式ボールが百四十五グラム位たい、石の重さは分からん」すると、「大きさが七十五ミリ位とすると、み・の・う・え・に……」と言い、「六百五十グラム位か」とこや君は呟いた。

ボールの体積を瞬時に導き、石の比重を掛けて石の重さを出したのである。

こや君はどれ位自分なら出来るか、の視点で見ていたのである。

走るのは負けていない、動いているボールを打つのは難しいそうだが飛んでいる鳥を、石を投げて落とす事は出来る、ボールを捕るのは慣れれば出来る、投げるのは石より軽いなら遠くへ投げられる、そんなことを思いながら見ていた。

試合は終盤に入り、打力が勝る広島が大差をつけリードしている八回表の事だった。

代打で出た左打者の打球がホームランとなりライト外野席に入ったのである。ボールは転々として、こや君の足元で止まると、こや君はそのボールを拾い上げゆったりとした投げ方で強くて速い球を、直接マウンドでうなだれている投手目がけて投げ返したのである。

打たれてうなだれている投手はビックリ、自分の方に速い球がノーバウンドで戻ってくるではないか、とっさにグラブを出して胸の前で受け止めたもののどうしていいか判らず、反射的にバッターランナーがゆっくり走って向かう二塁に送球。

それを見たバッターランナーはホームランにも拘らず、何故か二塁にスライディングする珍プレイが発生した。

両軍ベンチは一瞬静まり返って、間を置き、どよめきと変わった。

翌朝のスポーツ紙の片隅にその珍事が記載されていた。

二、三日して、西武球団のスカウトがこや君を尋ねて立花家を訪れたのをきっかけに、他球団のスカウト数名も来るようになった。

目立つのが大嫌いなこや君は、只々後悔と反省しきりで落ち込むばかり。

こや君は「ただ、ボールを投げた投手に返しただけなのに、面倒な事になり、勒達家族に迷惑をかけて、申し訳ない」と、悪い事をしたように悩んでいた。

そして次の日、三月なのに珍しく雪が降った早朝だった。

裏木戸から積雪に足跡を残して、こや君は突然、立花の家から姿を消したのである。

紋太郎の机の上には、「山に帰ります、これまでありがとう」と書かれた便箋が置かれていた。

その便箋の上にはお年玉で買ったのか『ロト6』の二等当選券が添えられていた。

完

追　あれから時は流れ、そして……。

「ピンポン」十二階のエレベーターのドアーが開き、紋太郎が乗り込んだ。

ここは東京虎ノ門、十五階建てのオフィスビルである。

九州から就活に来ていた紋太郎が会社説明会を終えて、階下に下るエレベーターのドアーに背を向け乗っていると、七階から同年代の若い男女が数人乗り込んできた。

エレベーターのドアーが閉まり、エレベーターは階下へ向かい下って一階へ着いた。

紋太郎は降りるため、エレベーターのドアーの方を振り向くと、何と背が伸びたこや君がいたのである。

さっき七階から乗り込んだ若い男女の中にいたらしい、ドアーが開き全員一階フロアへと進む、紋太郎は後ろから声を掛けた。「こや君よね」こや君と、こや君の横にいた女の人も同時に後ろを振り向いた。

またもやビックリ、こや君の横にいた女の人は高校の時、スキー研修で出会った名前が聞けなかった女の子であった。

女の子もビックリ「えぇ……え……」女の子はちょっぴり大人になり、前よりもちょっぴり奇麗になっていた。

その女の子が、「貴方、何故、高野君を知っているの」紋太郎はこや君の名前を聞いてビックリ。「こや君、本当に高野と言うの」「話は長くなるので、そこら辺の喫茶店でも入ろうよ」と言い、三人は近くの喫茶店に入った。

七十年代の音楽がゆっくり流れる、落ち着いた雰囲気の喫茶店だった。

四人掛けテーブルに案内され、紋太郎の前にこや君と女の子が座ると、直ぐに女の子が立ち上がり、「私、畑瀬ユキと申します」「自己紹介していなかったから」と改めて自己紹介した。

ドキ！「ユキってどう書くの」紋太郎が驚いた顔で聞いてきた。

すぐさま、「カタカナのユキよ」と立ったまま畑瀬ユキさんは答えた。

すると、紋太郎が、「おばあさんは茜さんと言うん、だよね」と言い、畑瀬ユキさんを下から覗き込んだ。

畑瀬ユキさんは腰を下ろしながら、「えぇっ、なぜ……なぜ……」驚きの連発だ。

今度は紋太郎が立ち上がり、自己紹介をした。

こや君は国際ＮＰＯ法人理事の高野さんと長野県の山小舎で出会い、高野さんの養子になり、今年アメリカのスタンフォード大学に入学する事になっているそうだ。

その為、英会話を勉強する事になり、七階にある英会話教室に通っていて、そこで畑瀬ユキさんと知り合ったそうだ。

二人は帰り道が一緒だから、何時もいろんな事を話しながら帰る途中と言っていた。

こや君が紋太郎に尋ねた。「立花家の人達は元気ですか？」「江梨はどうしていますか？」紋太郎が答えた。「それがね、こや君がいなくなって、急に元気が無くなり家に閉じこもる日が増え、そして、病気勝ちとなり今は病院通い……」「こや君、江梨子ばぁちゃんと何時も一緒だったもんな」間をおいて、

「江梨子ばぁちゃんの声聞いてみる」と言いスマホをバッグから取り出した。

「驚くだろうな、おばあちゃん」と言いながら紋太郎はスマホの連絡先から江梨子ばぁちゃんを選択、通話を押した。

すぐ、おばあちゃんは出た、紋太郎が、「俺、」と言うと、「紋ちゃん何、一瞬、オレオレ詐欺かと思った」と電話の先で江梨子が笑う。

紋太郎は、こやちゃんと茜さんの孫娘のユキさんと出会った事を話し、スマホをこや君に渡した。

こや君は暫く江梨子ばぁちゃんと話していた。

電話越しにおばあちゃんの声を聞くと、余りにも感激だったのか涙声にも聞こえた。

電話を替わったユキさんは、自己紹介をして、ユキさんのおばあさん茜さんの事を話している様子だった。

電話が終わると、「おばあさんから、紋ちゃん、こや君と仲良くしてね」「良かですかと言われました」とユキさんは言った。

ユキさんが、「九州弁で良かよと答えたら、その調子と言われちゃった」と笑顔で話した。

そして、ユキさんは、「私、将来、外交官になりたくて勉強しているの、ただの希望だけどね」と言い、紋太郎の顔を覗き込み、「そのうち、恋に落ちたら変わっちゃうかも知れない」と付け加えた。

そして、「立花さんはどう」と紋太郎に問うと、横からこや君が、「エンジニア、紋はエンジニアになるんだよな」と紋太郎が答える前に答えた。

「そぉ、エンジニア希望」「何でわかった」と紋太郎がこや君を見て尋ねると、「勘だよ」と言う。

紋太郎は続けた。「こやちゃんは、昔から勘が鋭いからな」「俺の将来もお見通し……怖いなぁ」

こや君は紋太郎とユキさんを見て微笑んだ。

最後に、三人はそれぞれの携帯電話の番号を教え合い、ユキさんを真ん中にした記念撮影をウエートレスさんに頼み、それぞれのスマホに保存した。

三人共それぞれの志を胸に抱き、驚きと感激を与えてくれた喫茶店を後にした。

終

著者プロフィール

森 清治（もり きよはる）

1946年 佐賀県鳥栖市に生まれる

1965年 佐賀県立鳥栖工業高校 卒業

1965年 九州積水工業（株）入社

1997年 サンエス千代田（株）に出向

2006年 九州積水工業（株）定年退職

七度目の出会い、そして……

2025年1月15日 初版第1刷発行

著 者 森 清治

発行者 瓜谷 綱延

発行所 株式会社文芸社

〒160-0022 東京都新宿区新宿1－10－1

電話 03-5369-3060（代表）

03-5369-2299（販売）

印 刷 株式会社文芸社

製本所 株式会社MOTOMURA

ISBN978-4-286-25984-0 JASRAC 出2407300－401